Sara Lövestam

Née en 1980, considérée comme l'une des nouvelles voix littéraires suédoises, Sara Lövestam est l'auteur de trois romans parus aux éditions Actes Sud : *Différente* (2013), récompensé par le prix du Swedish Book Championship, *Dans les eaux profondes* (2015) et *En route vers toi* (2016). Grâce à des personnages souvent en marge ou en quête d'identité, elle réussit à mettre subtilement en lumière les enjeux actuels de notre société, et amène ses lecteurs à questionner le statu quo. Le premier volet de la tétralogie Kouplan, *Chacun sa vérité* (paru aux éditions Robert Laffont en 2016), a reçu le prix de l'Académie suédoise des auteurs de polars 2015, et le Grand Prix de Littérature Policière en 2017. Le deuxième volet, *Ça ne coûte rien de demander*, a paru en 2018 chez le même éditeur. Son talent est salué par la critique, unanime, et par son public, toujours plus fervent. Sara Lövestam vit à Stockholm.

**Retrouvez toute l'actualité de l'auteur sur :
https://saralovestam.se/**

**ou sur sa page Facebook :
www.facebook.com/saralovestam**

CHACUN SA VÉRITÉ

CHACUN SA VÉRITÉ

SARA LÖVESTAM

CHACUN SA VÉRITÉ

Une enquête du détective Kouplan

Préface de Marc de Gouvenain

*Traduit du suédois
par Esther Sermage*

**Robert
Laffont**

Titre original :
SANNING MED MODIFIKATION

Pocket, une marque d'Univers Poche,
est un éditeur qui s'engage pour la préservation
de son environnement et qui utilise du papier fabriqué
à partir de bois provenant de forêts gérées
de manière responsable.

Le Code de la propriété intellectuelle n'autorisant, aux termes des paragraphes 2 et 3 de l'article L. 122-5, d'une part, que les « copies ou reproductions strictement réservées à l'usage privé du copiste et non destinées à une utilisation collective » et, d'autre part, sous réserve du nom de l'auteur et de la source, que les « analyses et les courtes citations justifiées par le caractère critique, polémique, pédagogique, scientifique ou d'information », toute représentation ou reproduction intégrale ou partielle, faite sans le consentement de l'auteur ou de ses ayants droit ou ayants cause, est illicite (article L. 122-4).
Cette représentation ou reproduction, par quelque procédé que ce soit, constituerait donc une contrefaçon sanctionnée par les articles L. 335-2 et suivants du Code de la propriété intellectuelle.

© *Sanning med modifikation* © Sara Lövestam, 2015
By agreement with Pontas Literary & Film Agency
© Éditions Robert Laffont, S.A., Paris, 2016, pour la traduction française

ISBN : 978-2-266-27823-2

Préface

Stockholm, gare centrale

Observer sans être vu, disparaître dans le décor et guetter le moindre détail, être à l'affût d'un mouvement anormal et se fondre dans la foule jusqu'à ne plus exister... c'est le comportement instinctif du chasseur, du prédateur. C'est aussi le comportement de la bête traquée qui cherche à échapper à la menace, l'attitude de l'étranger en situation irrégulière, du migrant sans papiers.

Stockholm, gare centrale, 1966. J'abordais çà et là quelqu'un, bafouillant mes premiers mots de suédois : « Bonjour, auriez-vous une couronne pour me dépanner ? » C'est là que j'ai commencé à apprendre la langue, et entamé une longue carrière de traducteur. À l'époque, la Suède était très blonde et, dans l'usine qui m'engagea, on me traitait de *svartskalle*, de « tête noire ». Dans mes mauvais plans urbains figuraient quelques Grecs et Turcs, les durs étant les Finlandais, émigrés majoritaires.

La Suède a énormément changé ces cinquante dernières années. La proportion d'émigrés établis dépasse vingt pour cent dans certaines villes. C'est, de loin, le pays le plus hospitalier d'Europe, avec une demande d'asile acceptée pour trois cents et quelques habitants, quand c'est pour cinq fois plus d'habitants en Allemagne et jusqu'à quinze fois plus en France. Irakiens et Syriens apparaissent en haut de la liste, avec les Polonais et les Finlandais. Les mafias d'ici ou d'ailleurs sévissent, une très nette innocence a disparu et l'extrême droite, en nette progression, oublie qu'il fut un temps où presque un quart de la population suédoise quittait le pays, baluchon sur l'épaule, condamné à la migration économique.

C'est dans cette Suède urbaine qu'évolue Kouplan, le détective illégal, personnage romanesque s'il en est. Héros malgré lui que Sara Lövestam a su créer plus vrai que nature, en partie parce qu'elle fut longtemps professeur de suédois pour des immigrés en voie d'intégration. Ses élèves étaient professeurs, ingénieurs, étudiants, hommes et femmes ayant tout abandonné, famille, études, maison, pour échapper aux bombes, talibans et autres destructeurs de destins. Sara leur apprenait la langue et le mode de vie suédois, mais ils devaient avoir quantité d'histoires à lui raconter.

Sara Lövestam est jeune, mais son œuvre est déjà importante et traduite dans plusieurs pays. *Différente* (*Udda*) avait pour personnage principal une femme handicapée en fauteuil roulant, *Dans les eaux profondes* (*I havet finns så många stora fiskar*), un pédophile, un travesti et un ado. *Tillbaka till henne* s'attachait aux destins croisés d'une femme de notre temps et d'une institutrice du début du XXe siècle.

On le comprend quand on lit ses textes, Sara Lövestam n'écrit pas pour parler d'elle-même ou nous décrire ses états d'âme, encore moins pour imaginer des cadavres de plus en plus nombreux et malmenés – cadavres le plus souvent retrouvés, en dépit de toutes les statistiques et réalités, dans n'importe quelle petite ville suédoise devenue le cadre idéal d'une nouvelle série télé ou d'un énième polar scandinave. Non, c'est la vraie vie, quotidienne, qui intéresse Sara. Ce sont les individus ordinaires – du moins en apparence – qu'elle écoute, détaille, espionne et met en scène.

Des Kouplan, nous en croisons chaque jour, que nous détournions le regard ou que nous leur tendions la main. Sara, elle, dépeint la situation propre à son personnage, dit « principal », mais, en bon écrivain, elle sait aussi lui adjoindre des personnages secondaires – famille, autres émigrés, foule dans la rue, gens qui aident et gens qui traquent – et un décor – canettes dans les poubelles, sorties de métro, barres d'immeubles, vêtements par terre dans la salle de bains. Les touristes ne parcourront pas Stockholm sur les traces de Kouplan : s'ils s'attachent à ce personnage, ils deviendront suédois !

C'est bien connu : tout être normalement constitué, s'il se trouve confronté à un problème entrant dans un cadre légal, va s'adresser à la police – ce qui nous offre un large panorama de polars, avec des inspecteurs plus ou moins irritables, alcooliques, neurasthéniques et perspicaces. À l'improbable détective qu'est Kouplan, Sara le savait bien, il fallait d'improbables demandeurs d'enquête. Et, là encore, Sara connaît son monde : elle a suffisamment écouté et observé ses contemporains pour savoir que beaucoup ont en eux une part d'ombre qui ne s'expose pas au poste. Pas besoin de cadavre ou de meurtre accidentel pour faire appel à un Kouplan, cet enquêteur clandestin qui a suffisamment vécu, enduré, pour vous percer à jour et, ce faisant, résoudre votre problème. Sara, qui ne voulait pas écrire de romans policiers, rejoint mine de rien tous ceux du genre qui ont décrit des détectives sans le sou à qui une femme – belle de préférence – venait demander de l'aide et une discrétion totale. Une occasion pour elle, parfaite, d'éviter la course-poursuite et le cabinet des atrocités, doublée de la possibilité d'entrer dans l'intimité des êtres, leurs ambiguïtés, leur face cachée. Loin du cliché de l'homme, les pieds sur la table, et de la belle blonde toquant à sa porte, Sara se montre d'une très grande subtilité.

Elle le raconte dans son blog : à l'origine, son intention n'était pas d'écrire un polar, fût-il un noir social. Elle écrivait un roman, qui avait pour particularité d'avoir un détective pour principal protagoniste. Les équipes commerciales et les éditeurs de Piratförlag ont donc conçu pour elle une couverture dans cette optique. Oui, mais dès la parution de *Chacun sa vérité*, ce premier tome d'une trilogie – dite trilogie de Kouplan –, les critiques, élogieuses et unanimes, ont parlé de polar, et le prix du Meilleur Polar débutant lui a été attribué. Se sont ensuivies de nouvelles réunions chez Pirat, un changement de style pour la couverture du deuxième volet et la nouvelle édition du premier. « On ne va pas se plaindre quand on reçoit un prix et que les plus grands journaux parlent de vous comme d'une novatrice dans le genre », commente Sara.

Stockholm, gare centrale. Observer sans être vu, disparaître dans le décor et guetter le moindre détail, être à l'affût d'un mouvement anormal et se fondre dans la foule jusqu'à ne plus exister... 2013, comme à chacun de mes passages dans la capitale, j'effectue mon pèlerinage dans la salle des pas perdus. Puis je quitte la balustrade de la rotonde et je descends prendre le métro pour Medborgarplatsen – j'ai rendez-vous avec Sara. Nous dînons dans un restaurant grec, elle me parle d'un projet romanesque, « surtout pas un polar même s'il y aura une enquête », dont le héros sera un immigré en situation irrégulière, un personnage témoin qui aura un regard à la fois intérieur et extérieur sur la société.

Je l'écoute, je lui raconterai Stockholm 1966 une autre fois.

Marc de Gouvenain[1]

---

1. Aujourd'hui agent littéraire, Marc de Gouvenain fut longtemps traducteur du suédois et directeur de collection, en particulier pour le domaine scandinave chez Actes Sud.

Prologue

Une pluie bizarre tombait le jour où on a enlevé Julia, un fin crachin qui vous mouillait peu à peu, insensiblement. Julia l'avait dit, d'ailleurs :

— Regarde la pluie, maman ! Elle ne fait pas *plic ploc*, les gouttes ressemblent à des moustiques ou à... Ça s'appelle comment, déjà ? les petites bêtes qui volent ? Maman ?

Lorsqu'elle a levé son nez mouillé, la capuche de son blouson imperméable est tombée en arrière pour la quinzième fois. Je la lui ai remise d'un geste qui, a posteriori, me paraît sans grande affection ni tendresse, et je lui ai pris la main.

— C'est à des moucherons que tu penses ? Allez, viens, Julia, on est un peu pressées, tu sais.

Elle s'est libérée de mon emprise et s'est obstinée, comme elle le faisait souvent dans ce genre de situation. Comme elle le FAIT. Comme elle le FAIT souvent.

— Ah ! oui, c'est ça, des moucherons.

J'ai tellement pensé à ces mots... Les dernières paroles de ma fille en ma présence : « Ah ! oui, c'est ça, des moucherons. » Comme si elles recelaient un indice quelconque.

1

Détective privé.
Si la police ne peut rien pour vous,
n'hésitez pas à faire appel à moi.

Le langage a ses subtilités. Kouplan se demande s'il a eu raison de mentionner la police dans son annonce. Si un policier tombait dessus, la formulation le titillerait à coup sûr et il risquerait de la relire avec attention, ce qui n'est définitivement pas le but recherché. Mais Kouplan doit tout de même attirer les clients qui ont le profil adéquat. Sur le plus grand site de petites annonces de Suède, ses quelques lignes côtoient depuis deux semaines des entreprises de services à domicile qui cassent un peu, beaucoup ou énormément les prix. Cependant, son encart n'a toujours pas fait mouche.

Il y indique son adresse hotmail, qui n'a rien de très spécial. Kouplan est presque sûr qu'on ne peut pas remonter jusqu'au détenteur de ce genre de compte. Personne ne devrait frapper à sa porte dans l'immédiat.

Son ordinateur, une trouvaille dans les encombrants du local poubelle, marche parfaitement. Ses seuls défauts : un système d'exploitation périmé et une mémoire vive très limitée. La semaine suivante, il a dégoté au même endroit un écran qui a pour principales tares de peser une tonne et d'avoir une résolution datant de Windows NT, mais qui présente un avantage : il fonctionne avec l'ordinateur. Lorsque Kouplan a démarré l'installation, une fenêtre est apparue, l'informant que le disque dur était arrivé à saturation. Ce dernier s'est révélé plein de photos des voisins du rez-de-chaussée. Kouplan les regarde de temps à autre, mais aujourd'hui, il ne consulte que son mail.

> Salut Kouplan ! Merci pour ton message. Oui, je vais bien, les enfants aussi. Et toi, tu t'en sors ? Le cabinet n'a reçu aucune nouvelle pièce par rapport à la dernière fois. Je te promets (je te l'ai déjà dit d'ailleurs) de te tenir au courant de l'évolution de ton recours dès qu'il y aura du nouveau. Sans délai. Prends bien soin de toi. Bisous, Karin

Il contemple un moment l'écran, se demandant s'il vaut mieux répondre tout de suite ou attendre. « Tu t'en sors ? » Eh bien, ça dépend de ce qu'on entend par là. Il ouvre le message suivant.

> Urgent. En réponse à votre annonce sur Internet, j'ai besoin d'aide pour retrouver ma fille disparue lundi au Globen Centrum. Je ne peux pas faire appel à la police. Je vous paierai bien.

Cette dernière phrase achève de convaincre Kouplan. Cela dit, il aurait donné suite même si la cliente avait écrit « Je vous paierai » tout court. Et même si elle n'avait pas été solvable – du moins il aime à le penser. Perdre un enfant, c'est... C'est arrivé à sa mère, une fois. Non, deux.

Il tape le nom et l'adresse e-mail de l'expéditrice et lance une recherche sur elle. Une page Facebook apparaît : celle d'une jeune femme blonde ordinaire qui pourrait être assistante sociale ou conseillère à l'Agence pour l'emploi. Elle compte trente-deux amis. Profession : « assistante téléphonique ». Kouplan a beau sonder son regard, il n'y détecte rien de policier.

Bonjour Pernilla, je suis détective privé et j'effectue entre autres des recherches de personnes victimes d'enlèvements. Veuillez me donner votre numéro de téléphone et je vous appellerai. Je peux vous aider.

Il est pris de tremblements. Quand on s'appelle Kouplan, il n'y a pas plus idiot que de se balader en ville, pire, à Stockholm, où les gens déambulent en parlant à des interlocuteurs invisibles, de pédicures pour animaux et de princesses prénommées Estelle, des sacs de supermarché Ica pendus aux bras – car dans la capitale, à tous les coins de rue, on repère les gens comme lui, on leur met la main au collet et on les dévore.

Mais désormais, il doit assumer son statut de détective privé. Ce n'est plus lui, le filaturé – enfin, si c'est comme ça qu'on dit. Il part lui-même à la traque, il va s'unir aux ombres.

2

Depuis la disparition de Julia, Pernilla se surprend à laver des mugs déjà propres, à frotter des taches inexistantes sur sa cuisinière. Elle travaille jusque tard dans la nuit pour ne pas entendre le ronronnement de la plomberie dans le silence. L'absence de Julia, ce vide béant, l'étouffe. Alors elle dépoussière une fois de plus ses étagères. Elle ne peut pas faire grand-chose : lire les journaux, chercher des indices, retirer de l'argent au cas où on lui demanderait une rançon. Elle a tapé d'innombrables « fillette retrouvée » dans son moteur de recherche, elle est retournée cent fois à l'endroit où Julia lui a lâché la main. Elle n'a toutefois jamais fait appel aux autorités. Dans l'annonce du détective, c'est la mention de la police qui lui a donné le courage de répondre.

Elle est en train d'essuyer la bouche d'aération lorsque son téléphone émet un *pling* aigu. Le volume est au maximum, elle ne voudrait pas rater un message de Julia, ou qui la concernerait. Elle bondit, passe le doigt sur l'écran et ouvre fébrilement sa boîte mail, pleine d'espoir. La dernière phrase du détective est une véritable bouée de sauvetage : « Je peux vous aider. »

Il lui demande son numéro de téléphone. Janus, qui meurt d'envie de faire pipi, glapit désespérément au pied de la porte. La vessie d'un chien se fiche des disparus.

Il y tant de « si »… Si elles n'étaient pas allées faire du shopping à Globen Centrum ce jour-là, si la main de Julia était restée dans la sienne, s'il n'y avait pas eu autant de monde, si elles avaient emmené Janus… Tirant sur sa laisse, il se dirige avec précipitation vers son poteau préféré pour y lever la patte. De sa voix la plus aiguë, Pernilla l'encourage – ils sont loin de Globen Centrum, mais on ne sait jamais.

— Janus ! Où est Julia ?

Janus remue la queue.

— Oui, c'est ça… Où est Julia ?

Elle essaie de paraître enthousiaste, histoire de faire passer la recherche pour un jeu, mais sa voix se brise. Où est Julia ? Est-elle encore en vie ? Janus secoue la queue et renifle un peu partout, indécis. Pernilla s'accroupit à côté de lui et enfonce le visage dans sa fourrure ébouriffée.

— Ce n'est pas grave, soupire-t-elle dans son oreille soyeuse. Tu ne peux pas comprendre.

Une mère est censée savoir intuitivement si son enfant est encore en vie, mais plus Pernilla se pose la question, moins elle arrive à distinguer son intuition de son désir. Elle abandonne, elle ne peut pas rester ainsi en pleine rue. Tapotant sur l'écran de son téléphone, elle répond au message du détective. Trente secondes plus tard, elle reçoit un appel.

Kouplan, qui s'attend au pire, est quand même surpris par la voix pitoyable qui lui répond. Éplorée

– peut-on qualifier une voix ainsi ? Pernilla a l'accent de Stockholm, Kouplan fait donc sa première observation de détective : sans doute née ici. Sa cliente lui demande ce qu'il pense de la situation.

— J'ai lu dans un blog que lorsqu'un enfant a disparu depuis plus d'une semaine, c'est qu'il est probablement... c'est qu'il est probablement trop tard. Qu'en pensez-vous ?

Kouplan est dérouté, mais enfin, il a l'habitude d'être surpris par les questionnements de ses semblables. Ce qu'il faut, c'est créer un climat de confiance.

— On ne peut pas généraliser, répond-il sur son ton le plus suédois. Il y a toujours des exceptions, il ne faut pas perdre espoir.

— Ça ne fait pas encore une semaine, renchérit la voix. Seulement quatre jours.

— Hmm, acquiesce Kouplan – faute de mieux.

— Je ne veux pas signaler sa disparition à la police. L'association Missing People le déconseille.

La cliente ne peut pas savoir à quel point Kouplan est soulagé.

— Ne mêlons pas la police à cette affaire. Je crois qu'on devrait se donner rendez-vous demain à l'endroit de sa disparition. Comment s'appelle-t-elle ?

Silence. Kouplan se demande si la ligne a été coupée, mais finalement la voix reprend, plus misérable que jamais :

— Julia.

Kouplan note, puis il est temps d'aborder le sujet qui fâche.

— Ah ! Oui, en ce qui concerne l'arge... mes honoraires...

— D'après ce que j'ai vu, le tarif habituel est de sept cents couronnes l'heure, brut.

Sept cents couronnes l'heure ? Dans les cuisines d'un restaurant, les gens dans la situation de Kouplan gagnent quinze couronnes l'heure, parfois douze. Sept cents ? C'est un lapsus, ou quoi ?

— Je ne prends que quatre cents, répond-il. Il faudra me verser un acompte, si ça ne vous dérange pas.

Pernilla accepte. D'après ses sources, c'est bien l'usage. Kouplan note la somme dans son cahier de l'Institut de suédois pour les étrangers : *Julia, 400, Globen Centrum*.

Ce jour-là, pour la première fois depuis son arrivée dans ce pays, il élabore un plan de travail, selon la méthode que lui ont enseignée, dans le passé, des personnes plus expérimentées que lui. Car c'est incroyable, inouï : il a un travail. Il passe le reste de la soirée à faire des recherches sur Google, parcourir journaux et communiqués, lire le forum d'information Flashback, consulter les pages modifiées le plus récemment et répondant à ses mots-clés. Lorsque, à 3 heures du matin, il pose les pieds sur son lit, enfin à l'horizontale, il a des scintillements dans les yeux. Pour la première fois depuis très longtemps, il s'endort comme une masse.

3

Kouplan est particulièrement attentif à son cœur. En véritable coach, il lui fait subir un entraînement régulier. À la manière d'une traction lente et maîtrisée qu'on arrête à un centimètre du sol, il lui ordonne de ralentir, puis de repartir, tranquille, docile. C'est le rythme auquel il doit battre pour que Kouplan ait la respiration d'un usager qui s'ennuie.

En face de lui dans le carré de sièges, une fille croit que le dernier iPhone existe en noir et en blanc. Elle l'a vu dans une pub, affirme-t-elle dans son iPhone 4S.

— Mais si ! Tu n'as qu'à regarder toi-même ! Tu as le dernier *Métro* ? Bon, eh ben, il y avait une pub, je te jure, et sur la photo, il était blanc. Oui, un iPhone. Oh… mais arrête ! Écoute-moi, c'est important !

Derrière elle, une bande d'adolescents dégingandés. À côté d'eux, une femme qui, vu la raideur de sa nuque et son regard alerte qui glisse d'un passager à un autre, pourrait bien être policier. Kouplan, blasé et, surtout, détendu, pose le coude sur le rebord de la vitre et contemple la baie d'Årsta.

La fille demande à un nouvel interlocuteur si l'iPhone existe bien en blanc. Quand on lui rétorque

23

qu'elle n'a qu'à regarder sur Internet, elle répond :
« Pas le temps. » Kouplan se lève, surveillant du coin
de l'œil la silhouette austère de la femme policier, puis
sort une porte plus loin. Son cœur obéissant bat calme-
ment.

Il traverse le pont et arrive à Globen Centrum. Un
homme parfaitement ordinaire. C'est l'endroit où Pernilla a perdu son enfant, elle n'y peut rien. S'il avait
eu le choix, Kouplan serait allé n'importe où, sauf là.
Ses semelles en caoutchouc aspirent la pluie sur le
bitume, mais vues de l'extérieur, elles paraissent en
bon état, à l'inverse de son blouson. Enfin, c'est le
matin, les stades sont fermés. Les gens vont travailler,
tout comme Kouplan. Il suffit d'en avoir l'air.

Pernilla ne s'attend pas exactement à un détective
en trench qui fume la pipe et la regarde à travers une
loupe. S'agit-il de l'homme aux cheveux noirs qui
passe devant elle, pressé, une serviette sous le bras,
s'arrête soudain et regarde à travers une vitrine, peut-
être pour examiner son reflet ? Ou du bobo qui déboule
à bicyclette, met pied à terre, attache sa bécane à un
arbre et cherche quelqu'un des yeux ? Il ôte son
casque, dégageant une tignasse bien fournie. Oui, ça
pourrait être lui. Mais non, car il entre dans la galerie
commerçante et disparaît de son champ de vision.
Quoi qu'il en soit, il ne peut en aucun cas s'agir de
l'adolescent en tenue délavée qui se plante sous son
nez et lui adresse un regard interrogateur.

— Pernilla ?

Déconcertée, elle lui serre la main. Contrairement à
ce qu'elle a cru en le voyant approcher, il doit avoir

plus de quatorze ans, mais pas plus de dix-huit. Il lui sourit.

— Vous voulez qu'on aille s'asseoir quelque part ?

« Pas question de lui payer un acompte », se dit Pernilla. Ils parcourent le Globen Centrum à la recherche d'un endroit où s'installer. « En tout cas, pas avant de l'avoir soumis à un interrogatoire serré. »

— C'est pénible pour moi d'être ici, avoue-t-elle malgré tout. – Elle n'a personne d'autre à qui parler. – Je suis revenue plusieurs fois depuis lundi et, chaque fois, ça fait aussi mal. Je ne sais même pas par où commencer. Janus n'est pas exactement un limier. Je ne sais pas…

Elle laisse sa phrase en suspens. Le jeune détective fait un geste en direction du McDonald's.

— C'est vide, là, dans le coin. Allons nous asseoir.

« S'arranger avec la vérité » : c'est l'une des expressions suédoises préférées de Kouplan. Construire une vérité qui n'en est pas une. Il y a aussi : « La taille ne compte pas. » Et « Les yeux sont le miroir de l'âme », or si c'était le cas, Pernilla ne poserait pas sur lui un regard aussi sceptique. Elle aurait immédiatement reconnu en lui l'homme compétent et ingénieux à même de résoudre son problème.

— Je suis beaucoup plus vieux que j'en ai l'air, assure-t-il avec franchise et simplicité.

C'est la vérité. Pernilla lui retourne un sourire gêné, comme s'il venait de répondre à la question qu'elle n'osait lui poser.

— J'ai vingt-huit ans, poursuit-il.

Il vient de s'arranger avec la vérité. Cela étant, ajouter trois ans à son âge ne peut pas être considéré comme un péché mortel. Les yeux de Pernilla s'étrécissent, incrédules.

— J'ai un problème génétique qui me donne l'air plus jeune.

Vrai. D'ailleurs, Pernilla semble le croire, car elle le gratifie d'un sourire fugace.

— Si vous le vendiez, votre problème génétique, vous pourriez gagner un paquet d'argent.

— Je préfère vous le dire tout de suite pour éviter les conjectures inutiles.

Pernilla se racle la gorge. Elle n'a pas touché à son cheeseburger.

— Avant de vous engager, j'aimerais en savoir un peu plus sur vous.

Kouplan mord dans son hamburger, qui a bien meilleur goût que s'il avait accompli un trajet en bus au fond d'un sachet.

— Allez-y, n'hésitez pas.

— Depuis quand êtes-vous détective privé ?

— Je vais jouer franc jeu avec vous, réplique Kouplan. – Vérité arrangée. – Je me suis mis à mon compte il y a un an seulement. À l'origine, je suis journaliste d'investigation.

Un nazi très haut placé a un jour prétendu que, si on voulait faire avaler un mensonge à quelqu'un, il valait mieux qu'il soit très gros ; mais Kouplan, en homme averti, préfère ne pas se fier à Hitler. Il sert donc à Pernilla un cocktail de vérités et de quasi-vérités. Lorsqu'elle l'interroge sur le journalisme, il répond sans broncher :

— J'ai de l'expérience dans le domaine des enlèvements.

Vrai.

26

Tandis qu'ils se dirigent vers le lieu exact de la disparition, la gorge de Pernilla se noue, elle est incapable de prononcer un seul mot. Elle renifle. Kouplan pose la main sur son épaule et la sent se crisper.

— Vous marchiez ici ? dit-il avec douceur, comme à un enfant effrayé.

Elle acquiesce.

— Par là ?

Elle se libère et secoue vaguement la main vers l'entrée de la galerie commerçante.

— Là.

— Que faisiez-vous ici ?

— On était venues pour des courses. Julia… Il lui faut de nouvelles chaussures d'hiver. Et puis pour aller au supermarché.

Kouplan prend des notes dans son cahier.

— Vous êtes sûre que c'était exactement ici ?

Il sort son téléphone portable et prend des photos dans toutes les directions.

— Chaque personne qui se trouve dans notre champ de vision peut nous voir aussi, explique-t-il. – L'idée lui donne la chair de poule. – Par exemple, depuis les restaurants. Il y avait beaucoup de monde quand c'est arrivé ?

Y avait-il du monde ? Pernilla n'en sait rien. Plus elle s'efforce de reconstituer la scène, plus les souvenirs lui échappent. Elle revoit Julia, sa main dans la sienne, et cette pluie imperceptible. Un frisson la traverse. Elle pousse un profond soupir et tente, malgré tout, de donner des réponses à l'homme aux airs de garçon.

— Il pleuvait. Du crachin.

27

Kouplan note. Son cahier ressemble à ceux que Pernilla utilisait à l'école primaire.

— Vous aviez un parapluie ?

Il la regarde avec tant d'insistance qu'elle préfère taire sa pensée : « Quelle importance que nous ayons eu un parapluie ou non ? Retrouvez ma fille ! »

— Non, on avait le visage mouillé. Mais Julia portait un blouson imperméable. Corail.

Elle se remémore les gouttes sur sa figure lorsqu'elle marchait contre le vent. Le détective écrit que Julia portait un blouson imperméable.

— Quelqu'un autour de vous avait-il un parapluie ?

Elle acquiesce.

— Oui.

Elle s'en souvient, elle avait songé que leurs parapluies ne devaient pas être d'un grand secours contre ce crachin suspendu dans l'atmosphère.

— Trois ou quatre. Ils marchaient devant nous. Et il y avait quelqu'un qui s'abritait sous un *Métro*.

— Homme ou femme ?

— Femme. Elle protégeait sa coiffure. Je crois qu'elle est entrée dans le Subway. Ou là, dans le restaurant grec.

— Quelqu'un vous a regardées ? Quelqu'un qui aurait ralenti ou serait revenu sur ses pas ?

Elle ferme les yeux. Dans son souvenir, les parapluies sont noirs, peut-être bleu marine ou verts, ils avancent dans le même sens que Kouplan et elle. Et soudain, la main de Julia n'est plus dans la sienne.

— Non.

Au Subway, il n'y a qu'une employée, une jeune fille vêtue d'un tablier et coiffée d'un chignon négligé.

28

— On peut s'asseoir un petit moment ? demande Kouplan.

La jeune fille ne se donne pas la peine de lever la tête.

— Seulement si vous consommez.

Kouplan n'a pas les moyens de s'acheter un sandwich chaque fois qu'ils s'assoient. En fait, il n'a pas les moyens de s'acheter un sandwich. Point.

— Un Sub15 dinde, lance finalement Pernilla, déconcertée. Et un café au lait.

— OK, répond la fille en se tournant vers le plan de travail.

Dans la plupart des enlèvements d'enfant, quasiment partout dans le monde, les ravisseurs sont les parents. C'est en tout cas ce qu'affirment plusieurs sites que Kouplan a consultés au cours de la nuit. Il espère du fond du cœur que le mari de Pernilla est un gros salaud qui les a suivies avant de s'éclipser avec Julia au moment opportun. Car les alternatives proposées par Wikipédia sont peu réjouissantes : chantage, adoption, travail infantile, meurtre. Malheureusement, quand il interroge Pernilla sur le père de Julia, elle secoue la tête.

— Il s'appelle Patrik, vous pouvez le noter. Mais je doute qu'il soit mêlé à tout ça. Il ne m'a plus donné de nouvelles depuis sa naissance. D'ailleurs, je ne lui ai jamais réclamé de pension alimentaire.

Kouplan note quand même son nom de famille. Sans cela, il ne mériterait vraiment pas ses quatre cents couronnes.

— Hé ho ! appelle la jeune fille au comptoir. Un Sub15 dinde !

L'employée tend le sandwich à Kouplan avec un sourire indifférent.

— Vous travailliez lundi ? l'interroge-t-il.

— Pourquoi ?

Elle le dévisage, hostile. Kouplan prend son air le plus aimable.

— Pour rien, je me demande seulement si vous n'auriez pas aperçu une petite fille. À peu près de cette taille-là, en blouson corail. Ça vous dit quelque chose ?

Elle fronce les sourcils.

— Non… Pourquoi vous me demandez ça ?

— Nous la cherchons.

— Elle a disparu ? réplique-t-elle, sceptique.

Une clochette tinte. Un client entre, manifestement affamé de sauce blanche. Kouplan note quelques chiffres sur une serviette en papier.

— Voilà mon numéro, au cas où vous vous souviendriez de quelque chose.

L'employée reste bouche bée.

— Vous êtes policier, ou quoi ?

Le client fait si rapidement volte-face que Kouplan n'a pas le temps de dompter les battements de son cœur, qui s'emballe. Ses jambes se contractent, prêtes à fuir. Au prix d'un gros effort, il parvient à se dominer et secoue la tête avec un calme olympien.

— La police ne s'occupe pas de trucs de… de garde. D'affaires de garde. Alors on essaie de la retrouver nous-mêmes.

Pernilla s'est levée. Elle scrute le client, puis Kouplan, puis la jeune fille à la caisse, qui semble définitivement sortie de sa somnolence.

— C'est vrai. Nous cherchons ma fille.

Kouplan se rend soudain compte de l'ampleur de sa bêtise. Comment a-t-il pu accepter cette mission ? Dès qu'il parlera de la petite fille perdue, il sera question de police. Les gens voudront signaler sa disparition. Peu à peu, le commissariat recevra des appels indignés : pourquoi un jeune homme basané en blouson bleu est-il contraint de faire le travail à leur place ? Il doit absolument mettre au point une meilleure façon de présenter les choses.

— On essaie de retrouver son père, qui l'a enlevée. Cet imbécile est sur liste rouge.

Ça marche. Dans les yeux de l'employée, la lueur d'excitation s'éteint. La fillette en blouson corail ne présente plus aucun intérêt. Le client se vautre sur le comptoir.

— Alors, ce rosbif ?

Kouplan sait pourquoi le monde entier est son ennemi. Il sait pourquoi, où qu'il aille, il doit avancer à pas de loup, comme les frères Cœur-de-lion à travers le pays de Karmannyaka, dans le roman d'Astrid Lindgren : n'importe qui peut être un traître à la solde de Tenguil. En revanche, il ignore pourquoi Pernilla ne souhaite pas signaler la disparition.

— De mauvaises expériences avec la police ? lui demande-t-il sur l'Arenaväg.

— Avec les autorités en général, répond-elle en fouillant dans son sac à main.

Kouplan hoche la tête.

— Moi aussi.

Pernilla sort une petite liasse de billets de cent couronnes et les tend à Kouplan. Il y en a certainement plus que quatre.

— Si ça ne vous dérange pas, j'aimerais que vous me communiquiez un bilan du temps passé sur l'affaire et des comptes rendus détaillés de vos recherches.

— Pas de problème.

— À propos, comment vous appelez-vous ?

Il hésite, envisage d'inventer quelque chose mais se ravise. Un type avec deux noms, cela paraîtrait beaucoup trop louche.

— Kouplan. Comme « cou » et « plan », mais avec un *k*. Kouplan.

Pernilla le dévisage de ses yeux bleus. Fatigués. Éplorés. Elle doit avoir une quarantaine d'années.

— Tenez, Kouplan, conclut-elle en lui donnant le Sub15 dinde toujours enveloppé dans son papier. Vous me semblez un peu maigre.

4

Un jour, Julia a décrété qu'elle voulait un chien.

— Ooooh ! disait-elle à présent lorsqu'elle regardait des photos de chiots sur Facebook ou qu'elle croisait en ville des maîtres avec leur compagnon.

Ma petite chérie, si timide qu'elle ose à peine dévoiler son nom à d'autres enfants, se précipitait sans distinction – la discrimination, ce n'est pas son genre – sur des mastiffs et des caniches pour les caresser, intrépide.

— J'ai le droit ? me suppliait-elle.

— C'est au monsieur qu'il faut demander, pas à moi, lui répondais-je, puis, sachant qu'elle ne s'y aventurerait pas : On peut le caresser ?

Parfois, c'était oui, parfois, non. Nous avons certainement caressé une cinquantaine de chiens ce printemps-là, et j'avais pris ma décision bien avant le jour de ses six ans.

— Cette fois, tu n'auras pas tes cadeaux avec ton gâteau d'anniversaire et ton chocolat chaud, l'ai-je avertie ce matin-là.

La lèvre ornée d'une moustache de chantilly, elle m'a lancé un regard d'abord accusateur – pauvre

33

enfant brimée ! –, puis, quand elle a compris, transporté de bonheur.

— Au chenil ? a-t-elle lancé, abasourdie. Il y a des chenilles ?

Je lui ai embrassé le front et caressé la tête, démêlant quelques nœuds opiniâtres dans ses cheveux.

— Un chenil, c'est un endroit où on recueille des chiens, pas des chenilles. Si on veut un chien, on va en chercher un là-bas.

Hurlement de joie.

Je n'ai pas à lui reprocher sa timidité, c'est moi qui lui ai appris à se méfier des adultes.

— Il y a des gens en qui on peut avoir confiance…, lui expliquais-je.

Et elle a appris à compléter :

— … et des gens méchants.

J'espère qu'elle a su les distinguer, qu'elle s'est sauvée, qu'elle a couru à toutes jambes… Le jour où ils l'ont prise.

Au chenil, la première créature sur laquelle elle a posé les yeux fut un corniaud ébouriffé qui lui arrivait à la taille. Janus. Avec son étincelle dans les yeux et sa queue frétillante, il respirait l'espièglerie.

— Maman !

Je revois son extase, ses taches de rousseur sur le nez, sa fascination pour le chien qui s'appelait encore Julius. Elle ne pouvait plus le quitter des yeux. En chemin, l'animal s'est comme métamorphosé, sa posture a changé, son dos bouclé s'est tranquillisé. En quittant le chenil, il était encore Julius, le corniaud errant, et en descendant du bus avec nous, Janus, le chien des Svensson.

— Pourquoi Janus ? ai-je demandé à Julia dans l'ascenseur.

Elle a fait sa grimace habituelle – celle qui signifie qu'elle a une idée derrière la tête. Quand elle plisse ainsi l'œil et le coin de la bouche, on peut être sûr que sa petite caboche est en pleine ébullition.

— Parce que j'ai pensé aux Romains, a-t-elle dit. Mais Janus n'est pas un empereur, c'est un petit chien.

Nous nous sommes mises à rire. L'ascenseur arrivé, Janus est sorti et a reniflé ce qui allait devenir sa cage d'escalier.

— Eh bien…, a constaté Julia de sa voix inimitable, au moment où j'ouvrais la porte. Nous avons un chien, alors.

Vous savez, cette paix intérieure qui nous révèle, par contraste, que nous avons vécu dans un grand stress… Je me sentais plus tranquille après l'arrivée de Janus. On ne peut pas le qualifier de redoutable, il ne se met jamais en colère, mais il a tout de même du flair et des crocs. Le soir, quand ma grande fille de six ans s'est enfin endormie, je me suis installée devant le téléviseur. Janus s'est couché contre moi, la tête sur mes genoux. La loyauté et la force qu'il dégageait m'ont surprise. Il allait veiller sur nous en fidèle petit soldat. J'ai compris alors à quel point j'avais été terrifiée.

5

Kouplan prend son petit déjeuner avant 7 heures ou après 8 heures. On lui a bien dit qu'il pouvait manger avec la famille, mais il ne se sent pas à l'aise, il a l'impression d'être un intrus. Ou encore qu'on va lui poser des questions. À 7 h 55, la mère quitte le foyer avec les deux enfants. Il attend alors cinq minutes avant d'ouvrir la porte qui sépare leurs territoires respectifs. Puis il en profite pour s'étirer les jambes, sa chambre étant trop petite. Il fait du jogging sur place, trois séries de vingt tractions et quelques tours de l'appartement pendant que sa bouillie d'avoine crépite dans le four à micro-ondes. Les matins s'assombrissent inéluctablement, mais il n'allume pas la lumière pour autant. Dans deux mois, il fera nuit noire à l'heure du lever. Sa chambre sera plongée dans l'obscurité.

Avant de quitter l'appartement, il pose deux billets de cent couronnes à côté de l'évier, accompagnés d'un mot : « Le reste ne va pas tarder », avec cette écriture de ce qu'il appelle « Mister Neutre ». Il l'a apprise à la rédaction : il s'agit d'une graphie standard complètement anonyme. Pour parvenir à un équivalent en

37

suédois, il a étudié les planches du département Enfance et jeunesse à la bibliothèque communale. « On n'est jamais trop prudent », lui répétait son frère. Malheureusement, il avait raison.

À 8 h 30, il ferme les deux verrous et note l'heure dans son cahier. Les frais de transport d'un détective sont-ils compris dans son tarif horaire ? Il se renseignera plus tard sur Google, cela paraîtrait peu professionnel de poser la question à sa cliente.

Avant de quitter l'immeuble, il ouvre grand la bouche, la referme, serre les mâchoires, la rouvre et inspire un grand bol d'air, puis il sort dans la rue en homme libre. Et riche.

— Une carte jeune ? lui demande la caissière en le toisant avec un zèle exagéré.

La réduction proposée représente une économie de trois cents couronnes sur la carte ordinaire – une petite fortune. Mais les jeunes doivent présenter une pièce d'identité lors des contrôles.

— Ordinaire, répond Kouplan, avec une vague brûlure à l'estomac en songeant aux trois cents couronnes envolées.

Le voyant vert en forme de flèche qui s'allume lorsqu'il fait glisser sa carte sur le lecteur, accompagné d'un merveilleux *bip* sonore, lui procure un immense soulagement. Il a l'impression qu'on lui offre l'hospitalité : bienvenue dans le métro, citoyen ! Derrière lui, des gamins traînent, guettant une occasion de passer en fraude. Pendant un mois, il ne sera pas des leurs.

D'après Pernilla, le père de Julia n'est pas mêlé à sa disparition, mais on ne peut faire fi de toutes les statistiques. À la station Västra Skogen, Kouplan prend donc la direction de Sundbyberg. Dans le meilleur des cas, il n'aura plus à retourner au Globen. De toute sa vie.

Patrik Magnusson, l'homme qui ne s'est jamais soucié de sa fille, est comptable free-lance, en tout cas d'après LinkedIn. Sur Facebook, on apprend que c'est un féru d'histoire et, dans l'annuaire électronique, qu'il habite avec une personne dénommée M. Siegrist dans une villa excentrée de Sundbyberg. Le jardin de sa voisine est agrémenté de statues d'anges nus. À travers sa fenêtre, Kouplan aperçoit une silhouette et des cheveux relevés au sommet du crâne en une houppe jaune pâle. Lorsqu'il frappe à sa porte, elle ouvre presque immédiatement.

— Oui ? dit-elle en battant des cils.

— Bonjour, dit Kouplan, adoptant le langage corporel d'un adolescent. Je suis de l'école de Björke. On organise une quête pour un voyage de maths.

Elle rit.

— Un voyage de maths ? Ah bon. Et tu vends quoi ?

Il se fend d'un sourire attendrissant et tente de se mettre dans la peau d'un gamin de quatorze ans un peu gêné.

— On ne vend rien, on collecte des consignes. Vous avez peut-être des bouteilles vides ? Ou des canettes.

Le coup de la consigne est en première place dans sa liste intitulée « 2. *a*) Excuses pour frapper chez les gens ». La dame le scrute, essayant sans doute de détecter d'éventuels penchants criminels dans sa physionomie.

— Un instant, dit-elle enfin.

Kouplan attend. Un instant plus tard, la dame n'est toujours pas de retour. Combien de temps peut-il falloir pour aller chercher des bouteilles vides ? Les pensées de Kouplan s'emballent. Aurait-elle pu avoir l'idée d'appeler la police ? Ressemble-t-il à un cambrioleur ? Y a-t-il eu des vols avec effraction à Sundbyberg ces derniers temps ? Il aurait dû le vérifier, bien sûr. La rue est calme, pas de véhicule en circulation. L'un des anges du jardin pointe sa flèche vers lui.

— Voilà ! Je n'ai pas trouvé grand-chose, mais c'est toujours mieux que rien.

Kouplan déglutit. Il ne pourra pas exercer ce métier très longtemps s'il soupçonne tout le monde de vouloir contacter la police. Ça deviendrait invivable.

— Merci, c'est très gentil à vous.

Il s'apprête à s'éloigner, mais se racle la gorge et lui décoche un nouveau sourire.

— Je me demande s'il vaut mieux que je continue par là ou par là.

— Ah…

Il lui fait un clin d'œil. En général, avec les filles, ça marche, même quand elles ont presque soixante ans.

— Dans quelle maison croyez-vous que je trouverai le plus de consignes ?

À en juger par la réponse de la dame, les Magnusson-Siegrist ne sont pas de gros buveurs de bière et n'ont pas d'enfants adolescents.

— Ni petits ? demande-t-il. Ou d'autres enfants… Qu'ils garderaient, par exemple.

Elle lui lance un regard bizarre. Il a dépassé les bornes.

— Brrr, ça se refroidit, s'embrume-t-elle en fermant sa porte devant lui.

Du coin de l'œil, Kouplan la voit l'épier par la fenêtre. Il sonne donc chez d'autres voisins avant de s'attaquer à l'objet de sa visite. Quand Patrik Magnusson lui ouvre sa porte, Kouplan est déjà chargé de trois sacs pleins de crédibilité.

— Je suis de l'école de Björke, dit-il de sa voix de gamin de quatorze ans. On fait une collecte de consignes pour un voyage de maths.

Patrik, un blond d'au moins une tête de plus que lui, le dévisage. Kouplan essaie de le voir à travers les yeux de Pernilla. À eux deux, ils feraient une parfaite publicité pour une lessive aryenne.

— L'école de Björke ?

Il aurait dû se documenter sur les écoles de Sundbyberg. Il a tiré Björke d'un livre qu'il a lu.

— Oui.

Kouplan jette un coup d'œil dans l'entrée. Des chaussures de taille adulte bien alignées, une commode austère et une statue classique à deux visages. Pas de chaussures d'enfant. Pas de petit portemanteau. Aucune trace de présence enfantine : taches, déchets, gravier…

— Un voyage de maths, reprend vivement Kouplan. C'est un voyage scolaire ordinaire, sauf qu'on applique des calculs et des fonctions à tout ce qu'on voit. Si on récolte assez d'argent, on ira à Berlin.

Kouplan esquisse un sourire gêné, mais différent de celui qu'il réserve aux femmes de soixante ans.

— Sinon, ce sera Uppsala.

Patrik le fait entrer dans l'entrée et le laisse patienter à l'intérieur. *Pas spécialement méfiant*, note mentalement Kouplan. En se plaçant juste à côté de la statue, il a vue sur la cuisine, où un vase élancé est posé sur un piédestal presque aussi fragile. Kouplan est persuadé que la famille chez qui il loue une chambre ne choisirait jamais une décoration pareille. Avec deux enfants, ce serait provoquer le destin.

L'ex-mari de Pernilla lui donne cinq canettes de Carlsberg Hof et deux bouteilles en plastique d'eau Loka. Si ses démarches du jour ne lui apportent pas d'indices sur l'affaire, il y aura au moins gagné neuf couronnes.

Sur l'écran digital de la machine à consignes, les chiffres défilent sous les yeux jubilants de Kouplan : 64, 65, 66… Il lui reste encore trois sacs pleins. Après sa visite chez Patrik, il a fait toute la rue – pas folle, la guêpe – et décidément, à Sundbyberg, on boit beaucoup de bière. Il entame son avant-dernier sac lorsqu'il entend quelqu'un ricaner dans son dos.

— Bonne pêche ? lui lance une gueule puante.

Kouplan, le ramasseur de consignes, acquiesce. Il y a bien longtemps qu'il a cessé de se mépriser dans ce genre de situation. D'ailleurs, il ne s'agit que d'une couverture. Mieux vaut se le rappeler.

— Deux de plus et j'aurais pu m'acheter un demi de vodka Explorer, poursuit jalousement le ricaneur.

Kouplan lui cède deux de ses canettes et reçoit un souffle fétide en remerciement.

— Sympa. Quoi qu'on dise, vous êtes des gens sympas.

Kouplan aurait pu réagir : « Qui ça, on ? » Il ne se donne pas la peine de le faire, mais il n'en pense pas moins. Le ricaneur encaisse ses consignes. Qui est le mieux placé pour savoir où se trouve une personne disparue ?

— Au fait, enchaîne Kouplan avec sa diction la plus défavorisée, tu ne serais pas au courant pour une petite fille ?

— Non... quoi ?

— Je veux dire, tu n'aurais pas entendu parler d'une petite fille qui a disparu ?

Le ricaneur secoue la tête. Il ne ricane plus.

— Non, putain... Je ne vois pas de quoi tu causes.

Avec deux cent trente-six couronnes en poche, Kouplan est un homme riche. Au Lidl, il dépense quatre-vingt-dix-huit couronnes : trois paquets de flocons d'avoine et cinq boîtes de tomates concassées. Puis il demande son chemin et se rend à la friperie Myrorna la plus proche – le seul endroit où l'on puisse trouver un blouson à moins de cinq cents couronnes.

Mais le vêtement doit satisfaire à certaines exigences. Premièrement, la taille. En effet, s'il est trop grand, Kouplan peut aussi bien garder celui qu'il porte. Après avoir fouillé une bonne partie du magasin, il en trouve un qui lui donne l'air d'un type ordinaire, l'hiver. Seule ombre au tableau : il coûte trois cent cinquante couronnes.

Il l'enfile et déambule un moment dans le magasin, puis l'ôte et le tient sous le bras en faisant semblant de chercher autre chose : des fait-tout en cuivre, des boîtes en porcelaine. En réalité, il étudie le comportement

43

de la caissière et des deux employées affairées à plier, ranger et accrocher. La caissière a l'air agacée. À sa façon de hausser la poitrine, on comprend qu'elle a une forme de responsabilité dans le magasin. Pas elle. L'une des employées ne doit pas avoir plus de dix-huit ans : trop jeune pour prendre des initiatives anarchistes. La troisième, en revanche, porte un piercing sur la lèvre.

— Excusez-moi…

Les cheveux en coupe asymétrique, rasés d'un côté et tombant en dreadlocks blondes de l'autre, elle lève les yeux.

— Ce blouson coûte trois cent cinquante couronnes, mais je n'en ai que cent trente-huit, lui dit Kouplan en plantant ses yeux dans les siens.

— Il faut que vous en choisissiez un autre, lui répond-elle avec un sourire aimable, puis elle se tourne à nouveau vers son portant.

— Mais c'est celui-ci qu'il me faut, insiste Kouplan. C'est difficile à expliquer, mais… c'est justement celui-ci. Et quand je vous dis que je n'ai que cent trente-huit couronnes, c'est la vérité.

La fille le fixe à nouveau, scrute son blouson d'été déchiré qui a l'air tout droit sorti d'un local poubelle – d'ailleurs, il l'est. Kouplan ouvre son sac en plastique.

— Je vous jure, regardez, ce sont mes courses pour la semaine. Je n'ai pas assez d'argent, or il me faut ce blouson. Soyez sympa…

Son ex lui a expliqué de ne pas répéter « soyez sympa » à tout bout de champ, mais parfois, on ne peut pas faire autrement.

44

— Ce n'est pas le bon prix, conclut la fille aux dreadlocks. Il y a eu une erreur d'étiquetage. En fait, ce blouson coûte cinquante couronnes. Je vais changer l'étiquette. Venez me voir à la caisse.

C'est la plus belle fille qu'il ait jamais rencontrée.

6

Le poivrot de la machine à consignes hante Kouplan. Dans ses rêves, le clochard empile des canettes les unes sur les autres, grimpe au sommet et tente d'attraper des nuages. Qui est le mieux placé pour savoir où se trouve une personne disparue ?

Le mieux placé pour savoir où se trouve une personne disparue n'arrive pas au kebab avant 10 heures. Kouplan passe donc la matinée à faire des recherches sur Google. *5 h 46*, écrit-il dans son journal de bord. *Recherches sur le trafic d'êtres humains.* Sur le Net, on précise que le trafic de migrants ne doit pas être confondu avec la traite d'êtres humains. Un « passeur » se consacre à aider des étrangers à entrer illégalement en Suède, dans l'Union européenne, en Islande, en Norvège ou en Suisse. Amir Heidari est cité en exemple. Sur la page Wikipédia anglaise, ni la Suède ni la Suisse ne sont mentionnées. En revanche, on y apprend que le trafic de migrants, contrairement à la traite, s'accomplit avec le consentement du clandestin. Kouplan change donc de mot-clé : *6 h 12. Recherches sur la traite.*

Selon Wikipédia, le phénomène touche *essentiellement des femmes et des enfants* persuadés de quitter un pays pauvre pour un pays riche, la campagne pour la ville ou le désœuvrement pour un emploi, par exemple dans le secteur des services à domicile ou dans l'industrie. Kouplan note des passages et souligne : *La moitié sont des enfants, parfois enlevés en vue d'adoption. En 2010, sept cas de traite d'enfants à des fins de prostitution ont été signalés. Sexe, prélèvement d'organes, participation à un conflit armé, travail forcé.* Dans l'affaire qui le concerne, la participation à un conflit armé lui paraît un peu tirée par les cheveux. L'adoption et le sexe, en revanche, sont des débouchés plausibles. Il tend sa main devant lui pour se donner une idée concrète de la taille d'une fillette de six ans, mais regrette immédiatement ce geste. Il ne veut pas penser à elle comme à une enfant.

Lorsqu'il aperçoit le kebab, son ventre se noue. Il entraîne son estomac de la même façon que son cœur : « Ne digère que la bouillie du petit déjeuner, lui enseigne-t-il. Personne ne se souvient de moi, ici. Ils ne m'ont jamais regardé dans les yeux. »

Il choisit une table proche de la cuisine et commande un pita-kebab, malgré les mouvements de la bouillie d'avoine dans son estomac. Azad le regarde d'un œil vide, comme s'il était transparent, et lui demande :

— Vous voulez de tout, dedans ?

Kouplan ne répond pas : « Hé ho ! C'est moi ! », mais :

— Pas d'oignon, s'il vous plaît.

48

Ainsi, si jamais quelqu'un lui posait la question, Azad se souviendrait de lui comme d'un Suédois entré vers 10 heures. Les Suédois ne prennent jamais d'oignon.

Ismet coupe de la viande sur la broche. Azad demande à deux filles en veste de coton si elles veulent de tout dans leurs falafels.

— Pas d'oignon, répliquent-elles.

Kouplan étire une jambe et donne un coup au battant de la cuisine, qui cède facilement. Derrière, il aperçoit Rachid.

— Rachid ! chuchote-t-il.

Il vaut mieux parler fort. Au comptoir, les filles se demandent si elles veulent commander de l'houmous.

— Rachid ! appelle-t-il à voix haute.

Rachid tressaille, effrayé. Est-ce la tête que fait aussi Kouplan quand des inconnus lui adressent la parole ? Probablement. Il faudra qu'il réfléchisse au problème.

— *Negarân nabâsh*, assure-t-il. Ne t'inquiète pas.

Rachid fronce les sourcils, examine Kouplan, s'approche pour mieux voir.

— Nes...

— Chut !

— C'est toi ?

Kouplan secoue la tête.

— Non, ce n'est pas moi.

Rachid sourit. Kouplan aussi, cela lui procure un immense plaisir de revoir son ami.

— Il faut que je retourne bosser.

— J'ai des cigarettes.

— Bon, deux minutes, alors. Fais le tour.

À l'arrière du kebab, il flotte une odeur de friture et de pourriture aussi obsédante qu'un souvenir d'enfance. Autrefois, c'était Kouplan qui nettoyait les plaques huileuses dans l'arrière-cour. Rachid ricane gaiement en l'épiant à travers l'entrebâillement de la porte. Son regard est toujours chaleureux, mais son rire est bref, comme s'il l'économisait.

— Un visiteur de marque !

— J'aurais besoin que tu vérifies un truc pour moi, dit Kouplan en lui tendant un paquet de cigarettes que Rachid empoche tout entier. Tu peux te renseigner un peu autour de toi ?

Inutile de raconter l'histoire en long et en large à Rachid.

— Une fillette, répète celui-ci. Six ans. Je vais poser la question à mes colocataires.

Kouplan ne lui explique pas non plus pourquoi il lui demande ce service, car Rachid le sait. La personne la mieux placée pour savoir où se trouve un ou une disparu(e) est une personne qui a elle-même disparu.

— Tu ne dis pas que c'est moi qui cherche, précise tout de même Kouplan.

Sur un coup de tête, il sort un billet de cinquante couronnes. Pernilla va lui donner quatre cents couronnes de plus pour cette heure passée au kebab.

— Tiens, ajoute-t-il.

Rachid prend l'argent sans un mot. Au moment où Kouplan sort du restaurant, son ami lui manque déjà.

Une expression le poursuit, vibrante, comme une chanson qu'il n'arriverait pas à se sortir de l'esprit : *Cherâ istâdi, daste oftâde gir* – « Tant que tu es debout, tends la main à celui qui est tombé. » Enfin, s'il est encore debout. Si Rachid est tombé. Quoi qu'il en soit, Kouplan a bien fait de lui donner l'argent. *Cherâ istâdi, daste oftâde gir.* Le proverbe lui rappelle qui il était. Quelqu'un qui ne ramasse pas des consignes.

C'est dimanche. Julia a disparu lundi. Janus piétine autour de Pernilla, immobile sur le canapé, le pyjama de Julia entre les doigts. Le chien remue la queue et pose la tête sur ses genoux pour l'attendrir. Le poids de l'animal sur le pyjama vide rend l'absence de Julia encore plus palpable.

— Elle n'est pas ici, Janus.

« Où est-elle ? » la questionnent ses yeux de chien.

— Je ne sais pas. Personne ne le sait.

Il gratte et grimpe sur ses genoux. C'est un animal de compagnie, il sent la tristesse de ses maîtres. Les précédents l'ont laissé au chenil à cause d'une allergie. Janus flaire le pyjama. Pernilla a l'impression que son petit corps tiède essaie de lui transmettre un message qu'elle est incapable d'entendre. Il ne faut pas pleurer, pas maintenant.

— J'appelle Kouplan.

Sa voix d'adolescent, paradoxalement, l'apaise. Il en émane le calme, une enfance tranquille sous l'autorité de parents bien présents, la sagesse d'un vécu profondément ancré. Pernilla ne possède aucun de ces atouts, elle le sait, il lui manque l'essentiel, on le lui a dit. Mais elle fait de son mieux, et elle a été une bonne mère. Elle EST une bonne mère. Kouplan l'informe de ses démarches : il a demandé à d'anciens collègues de se renseigner et rendu visite à Patrik. Pourquoi ? Pourquoi a-t-il parlé à Patrik ?

51

— Je vous ai dit qu'il n'était pas mêlé à la disparition de Julia, lui rétorque-t-elle, irritée.

— J'applique des méthodes bien établies, lui répond la voix claire et sensée de Kouplan. Il faut éliminer les proches pour pouvoir continuer à… travailler.

C'est sans doute vrai, elle l'a entendu dire dans la série *Affaires criminelles*. Kouplan a donc rendu visite à Patrik…

— Et il allait bien ? interroge-t-elle en feignant l'indifférence.

— Eh bien…

— Je vous paye, souvenez-vous-en, reprend-elle avec un sourire dont elle espère qu'il est perceptible pour Kouplan, à l'autre bout du fil.

— Il semblait en forme. Du moins en apparence.

— Il habite toujours à Bromma ?

— À Sundbyberg. Avec une femme. Ou un mec, qu'est-ce que j'en sais… En tout cas, il y avait deux noms sur la boîte aux lettres. Ils ont une Volvo.

Elle brûle de lui poser une question, hésite, sa gorge se serre.

— Des enfants ?

— Non.

Soulagement. Malgré son désespoir, elle a soudain envie de chanter. Elle s'est parfois demandé s'il avait eu des enfants, d'autres enfants. Elle en a rêvé. Dans ses cauchemars, il en avait eu.

— Il n'aime pas les enfants, précise-t-elle. Alors c'est tant mieux.

— Que voulez-vous dire par là ?

— Comment ça ?

— Il n'aime pas les enfants ? Vous insinuez qu'il s'en est pris à Julia ? Qu'il lui aurait fait du mal ?

52

Elle est obligée de réfléchir. Julia et elle ont vécu dans le désarroi et passé des nuits entières à pleurer un père absent. Parfois ensemble.

— Il ne s'est jamais soucié ni d'elle ni de moi. Depuis le début. À part ça, non.

Kouplan reste silencieux, mais elle sent sa présence.

— Bon, déclare-t-il enfin, je vais aller rendre visite à un autre collègue. Et demain, je retourne au Globe. Mais d'abord, j'ai une requête.

— Allez-y.

— Vous pourriez m'envoyer une photo d'elle par mail ? C'est un peu difficile de chercher quelqu'un qu'on n'a jamais vu.

Pernilla a été prudente : pas de traces sur Facebook, dans l'annuaire électronique ni sur aucun autre site qui répertorie des enfants. A-t-elle des photos de Julia ? Elle n'en sait rien. Difficile de l'expliquer au téléphone.

— Je vais voir ce que je trouve.

— Oui, ce serait bien.

Présence sécurisante à l'autre bout du fil, comme un chien sur ses genoux.

— Vous pouvez passer demain ? propose-t-elle sur un coup de tête. Je tourne en rond, ça me rend dingue de rester sans rien faire. On pourrait discuter.

— D'accord. Vous avez déjeuné ?

Étrange question de la part d'un détective, mais assez pertinente, en fin de compte. En se levant, Pernilla a le tournis, le pyjama glisse par terre. Janus l'attrape dans sa gueule et suit sa maîtresse dans la cuisine, le vêtement pendu entre ses crocs comme une enfant infiniment maigre et sans vie.

7

Kouplan appréhende le lundi plus que tout autre jour de la semaine. Les portes des appartements s'ouvrent, des flots de gens en sortent, les digues se rompent et la ville est envahie. Chaque individu lâché dans les rues possède deux yeux et, dans chaque œil, des centaines de millions de cônes et de bâtonnets capables de transmettre au cerveau l'image de Kouplan. Chaque individu est ensuite en mesure de se précipiter sur un téléphone qu'il garde à portée de main pour dénoncer les indésirables... Voilà le cours que peuvent suivre les pensées de Kouplan quand il leur laisse une trop grande liberté. « Je suis moi-même un individu dans la foule, se rassure-t-il en ralentissant l'afflux de sang, je fais partie de leur décor. Du calme, mon cœur, ne gaspille pas tous tes coups avant d'avoir trente ans. »

Il descend à la station Gullmarsplan et marche jusqu'au Globe, comme l'ont fait Pernilla et Julia une semaine auparavant. Il appréhende le lundi, mais dans le cas présent, c'est son meilleur atout. Les gens normaux fonctionnent selon des habitudes et des

55

routines fixes. Si le ravisseur est passé à cet endroit le lundi précédent, il y retournera sans doute ce lundi-là aussi.

L'employée de Subway le reconnaît immédiatement, ce qui implique qu'elle est physionomiste, en d'autres termes, un bon témoin potentiel. Cela signifie aussi qu'elle pourrait identifier Kouplan sans difficulté si on le lui demandait. Elle a parlé à la police.

— Pour donner un coup de main, explique-t-elle, alors que la panique se répand dans les veines de Kouplan.

Il ne l'entend plus, il est obligé de consacrer toutes ses forces à la maîtrise de son propre corps. Du calme, mon cœur, du calme, mes jambes, du calme, mes pieds – mais restez sur le qui-vive.

— Ils ne savaient même pas de quoi je parlais, ajoute la jeune fille en secouant la tête. Enfin, peut-être qu'ils n'avaient pas envie de travailler pendant leur pause.

— Pendant leur pause ?

— Oui, ils sont venus acheter des sandwichs. De toute façon, ils ne savent rien.

La terreur diminue, lentement mais clairement.

— Alors vous n'êtes pas allée au commissariat ?

Elle le regarde comme s'il était le dernier des crétins.

— Non, je vous le répète, ils sont venus ici. Il y avait un match, Hammarby contre Djurgården, et...

Il a envie d'exploser de rire, de lui crier que la police anti-émeute ne s'occupe pas d'enlèvements d'enfants, mais il hausse tout juste les épaules.

— Comme je vous le disais, inutile de mêler la police à cette affaire. Les conflits de garde ne sont pas leur priorité.

— Vous avez retrouvé le père ?

— Pas encore. Je voulais vous demander si vous vous souveniez d'autre chose, si vous aviez vu quelqu'un.

Elle secoue la tête et lui demande s'il veut acheter un sandwich. Il se remémore le Sub15 dinde que lui avait offert Pernilla. Un jour, dans un futur proche, il entrera dans un Subway et commandera un Spicy italien avec supplément de pepperoni, posera nonchalamment un billet de cent couronnes sur le comptoir et lèvera la main avec ces mots : « Gardez la monnaie. »

— Non, merci.

Au restaurant grec, il y a quatre employés, dont un accepte de parler à Kouplan. Une cigarette au coin du bec, il aspire, et sa façon de tirer les commissures des lèvres vers le bas indique que c'est peut-être un Grec véridique.

— Non, répond-il. Aucune idée. Oui, il y a des mômes ici, plein, comme hier, pour le match AIK contre Hammarby. Ah bon… La fille de Subway a dit Djurgården ? En tout cas, il y avait des têtes brûlées. Jamais je n'emmènerais mes enfants à ce genre de match. Lundi ? Vous croyez que je me souviens qui était là il y a une semaine ? Vous êtes complètement fou, ou quoi ?

Il ne garde aucun souvenir d'un blouson corail.

— *Evkharisto*, répond Kouplan.

57

Le regard interrogateur de l'homme révèle que, contre toute attente, il n'est sans doute pas grec. Merci quand même.

De l'autre côté de la rue, la vitrine de l'agence immobilière est tellement immaculée que Kouplan n'envisage même pas d'y entrer. Il laisse également tomber la banque Nordea. Au restaurant thaïlandais, personne n'a vu de fillette ce jour-là.

— Et la semaine dernière ?

— Pas de problème.

— Comment ?

— Vous pouvez venir avec la petite, nous avons un menu enfant.

La serveuse ouvre la carte et lui montre la page concernée. Kouplan ne parle pas thaïlandais. Il fait des gestes : la semaine dernière, pas la semaine prochaine.

— Ah ! Oh ! s'exclame la femme comme si elle venait d'avoir une idée.

— Vous l'avez vue ?

Elle secoue la tête.

— Désolée.

L'Arenagång – ainsi se dénomme la large allée flanquée, d'un côté, de l'agence immobilière et du restaurant thaïlandais, de l'autre, du Subway et du grec – est scindée sur la longueur par une rangée de petits arbres protégés pas des murets. Si Kouplan voulait enlever une fillette, il se placerait derrière un de ces arbres et attendrait. C'est donc ce qu'il fait. Il est 10 h 23. Julia a été enlevée vers 10 h 30.

Ainsi camouflé, il distingue nettement les gens qui avancent dans sa direction. Avec quelques décimètres de plus, s'il mesurait, disons, un mètre quatre-vingts, le feuillage obstruerait sa vision. Il s'assoit donc sur le muret et guette la sortie du métro Gullmarsplan. Il pourrait rester un bon moment ici sans que cela paraisse suspect, mais s'il se mettait à pleuvoir ? Une idée lui traverse l'esprit et il ouvre son cahier. *PISTE N° 1 : Le ravisseur a besoin d'un enfant. PISTE N° 2 : Le ravisseur connaît Julia.*

Un individu à la recherche d'un enfant se positionnerait à un endroit stratégique et attendrait un afflux de passants, ou un petit attroupement seulement. Il aurait prévu quelques options de fuite et une ruse pour persuader sa victime de garder le silence. Il aurait pu se placer dans l'un des restaurants environnants, dans l'agence immobilière ou au bureau de banque. Ou arriver du côté opposé, en provenance du Globen Centrum. Les options de fuite... Kouplan regarde autour de lui. Il y a trois bouches de métro dans les environs, mais aucune voie d'accès pour un véhicule. La bouche de métro la plus proche est située à au moins deux cents mètres, une distance assez longue à parcourir à pied en portant une enfant qui crie et se débat. Le ravisseur a pu la droguer.

Sauf s'il la connaissait, bien sûr. Piste n° 2. Si Kouplan avait eu du crédit sur son téléphone, il aurait appelé Pernilla, mais il se contente d'écrire dans son cahier : *Allez-vous au Globen Centrum tous les lundis ?* Sans doute pas. La petite a six ans, elle va sûrement à l'école. Ce qui signifie que le ravisseur éventuel a dû les suivre, peut-être depuis leur domicile. Ou être au courant qu'elles iraient au Globe ce jour-là. Il note les deux possibilités et exécute une ébauche des lieux : rue, escalier, place, Globen Centrum, trois bouches de métro et, bien sûr, le Globe lui-même. Il est temps d'élargir la zone de recherche.

Un ravisseur éviterait certainement d'emmener sa victime dans un centre commercial. Il est vraisemblablement reparti vers la route principale ou le métro, la station la plus proche étant Globen.

À l'entrée du métro, le patron du kiosque pose sur Kouplan le même regard que l'employée du Subway auparavant, l'air de dire que c'est un parfait crétin.

— Il y a une semaine ? Il passe environ trois cents clients ici chaque jour, dont cinq cents enfants, si vous voyez ce que je veux dire.

Kouplan comprend.

— Mais s'il y a un incident ou que quelqu'un fait quelque chose de remarquable, vous vous en souviendriez peut-être ? *Tkaya ?*

Un coup au hasard, l'homme a tout simplement l'air kurde. Un sourire éclate sur le visage du kiosquier.

— *Kurdî qise dekeyt ?*

— Juste un peu.

L'homme adore qu'on parle un peu kurde. Il lui fait le compte rendu détaillé de tous les enfants qu'il a vus dans la semaine : deux portés par des hommes, trois dans des poussettes. Il lui décrit une maman aux cheveux courts et une autre très jolie. Un seul enfant criait et se débattait, mais c'était un garçon. L'homme ne se souvient d'aucun blouson corail.

Un jour, Kouplan aura des cartes de visite lustrées en relief, mais pour l'heure, il note son numéro de téléphone sur un ticket de caisse oublié.

— *Sipas dekem.*

L'homme lui secoue vigoureusement la main au-dessus du comptoir.

— Bonne chance.

Kouplan retourne chez Pernilla les mains vides : ni témoin, ni indice. Rien. Peut-il vraiment exiger des honoraires ? Il a noté quatre questions au crayon à papier dans son cahier. En descendant du bus, il observe les alentours. Voilà donc le genre de banlieue d'où un enfant peut disparaître.

8

Pernilla habite dans un immeuble aux balcons verts
dont le code d'entrée est 1111. Kouplan prend l'ascenseur, qui sent le propre. Il souhaiterait que ses
enfants prennent des ascenseurs aussi propres – si un
jour il venait à en avoir.

Pernilla lui semble plus menue que lors de leur
précédente rencontre. Dans son souvenir, elle était
presque aussi grande que lui. En réalité, elle ne mesure
qu'un mètre soixante-cinq. Elle attache ses cheveux
blonds en une queue-de-cheval et lui souhaite la bienvenue avec un sourire pâlot. Un joyeux chien ocre se
frotte contre ses mollets. Kouplan met tous ses réflexes
en stand-by et le laisse flairer son entrejambe.

Le couloir d'entrée est blanc, sauf un mur peint
en bleu. Sous l'étagère à chapeaux, deux crochets
d'un blanc éclatant sont fixés à hauteur d'enfant. Un
blouson est pendu à l'un d'entre eux. Kouplan est sur
le point de demander à Pernilla s'il est neuf, mais se
ravise. Question de tact. Sur l'étagère à chaussures, il
remarque une paire de bottes de taille 25. Il jette un

63

coup d'œil à l'intérieur de l'appartement très ordonné. Pernilla se racle la gorge.

— Excusez le désordre.

— Pas du tout, c'est très joli, chez vous.

— Du café ?

En s'asseyant sur le canapé couleur terre de Sienne, Kouplan observe une tache plus claire sur l'accoudoir. Serait-ce… ?

— Du ketchup, précise Pernilla.

Quand elle y repense, son estomac se noue. Décidément, tout, absolument tout lui rappelle Julia… Kouplan pose sur elle un regard interrogateur.

— Pardon ?

— La tache… C'est du ketchup. Je croyais que vous la regardiez.

Suivant des yeux l'index de Pernilla, il contemple le bord du canapé, semblant découvrir pour la première fois la tache déteinte.

— Je ne savais pas que le ketchup faisait des taches claires.

— Moi non plus. C'est corrosif, explique Pernilla. Julia avait renversé une assiette entière de macaronis. Enfin, il y a longtemps.

L'homme-garçon l'observe. Sans méfiance, mais scrupuleusement. Elle a le sentiment qu'il va lui poser des questions.

L'appartement témoigne de l'absence de l'enfant, et Kouplan a l'impression que, malgré sa propre présence envahissante, Pernilla tente désespérément de meubler de gestes et de paroles ordinaires ce douloureux vide.

Seul le chien paraît peu ému par la disparition. Conformément à son emploi du temps de chien, il déambule gaiement.

— J'ai tout noté, explique Kouplan en ouvrant son cahier. Ici. Entretien avec le serveur, avec le patron du kiosque, avec une serveuse, exploration…

Il ne sait pas si Pernilla a prévu de le payer maintenant ou plus tard, il ne connaît pas les usages, mais puisqu'il est là, chez elle, en contradiction avec tous les règlements, il se dit que cela dépendra de la tournure des événements.

— Très bien, commente Pernilla en se penchant sur la page. Et qu'est-ce que vous avez trouvé ? On peut demander à voir les vidéos de surveillance ou quelque chose de ce genre ?

Il secoue la tête.

— Seule la police y est autorisée, répond-il. – En tout cas, c'est ce qu'il croit. – Mais nous savons déjà qu'aucune des personnes qui travaillaient aux alentours ce jour-là n'a vu quoi que ce soit d'anormal.

Il balaie du doigt le plan qu'il a ébauché.

— Ça vous semble peut-être un peu… court, mais c'est très bien de le savoir. Je vais continuer les entretiens. Tôt ou tard, on découvrira quel chemin il a pris. Si elle…

Il s'interrompt, sur le point de lâcher : « Si elle ne l'a pas suivi de son plein gré. »

— Je travaille à partir de deux hypothèses principales, reprend-il. La première, c'est qu'on l'a choisie au hasard. La deuxième, c'est que le ravisseur l'avait repérée.

Pernilla déglutit et fait un effort pour garder les yeux sur le cahier.

— Bon.

— J'ai pensé qu'on pourrait dresser une liste des raisons pour lesquelles quelqu'un aurait voulu enlever Julia en particulier.

— Bon.

Les raisons pour lesquelles quelqu'un aurait voulu enlever Julia en particulier ressemblent à un de ces rêves que l'on fait juste avant de s'endormir : une chute vertigineuse promettant une issue fatale qui incite à s'agripper au matelas. Pernilla se cramponne au bord du canapé, ses phalanges blanchissent.

— Il ne faut négliger aucun détail, aussi insignifiant qu'il puisse paraître, insiste Kouplan.

— Elle est très gentille.

Kouplan note.

— Vous voulez dire qu'elle n'opposerait pas beaucoup de résistance ?

Il essaie de visualiser Julia en train de résister à un inconnu, de le taper de ses petits bras.

— Non... Elle est peureuse. Peureuse et assez spéciale.

Spéciale, écrit Kouplan. Puis il lève la tête.

— Qu'est-ce que vous entendez par là ?

— Elle a un sens de l'humour original, elle est... subtile. Si on peut dire ça d'une enfant de six ans.

— Y a-t-il un adulte qui lui ait témoigné un intérêt particulier ? À l'école ou... n'importe où.

Pernilla réfléchit. Où Julia rencontre-t-elle des adultes ?

— Elle ne va pas à l'école. Comme je travaille à domicile dans l'assistance téléphonique, je n'ai pas eu besoin de l'y inscrire. Si elle avait été plus agitée,

66

je l'aurais peut-être fait, mais elle est tellement calme… Enfin… Peut-être à la bibliothèque. On y va de temps en temps.

— Bien. Commençons par la bibliothèque. Y a-t-il quelqu'un là-bas qui parle souvent à Julia ? Qui essaie d'engager la conversation avec elle ?

Pernilla passe mentalement en revue le personnel de la bibliothèque : une femme, lunettes et cheveux courts, un homme, cheveux blancs et veste en velours côtelé. On les salue poliment à leur arrivée, on cherche dans les registres les livres de la série *Alphonse* pour vérifier qu'ils ne sont pas déjà empruntés. Tout le monde aime bien Julia. Les bibliothécaires aiment les enfants qui lisent. Mais engager la conversation…

— Pas plus que nécessaire.

Kouplan et Pernilla font l'inventaire des lieux qu'elles fréquentent habituellement : le supermarché, l'aire de jeu, le magasin de jouets. Tout à coup, ça lui revient.

— Ça ne serait pas ça, la raison pour laquelle on l'a choisie ?

— Quoi ?

— Qu'elle soit si discrète, si prudente… Qu'elle ne se fasse pas remarquer. Si quelqu'un a… – Elle reprend son souffle. Ce n'est pas facile à formuler. – Comme Natascha Kampusch, la fille qu'on a enfermée dans une cave. Dans ce cas, on a choisi quelqu'un de… gentil…

Elle ne se maîtrise plus. Sa main glisse du bord du canapé, elle tombe.

Lorsque Pernilla perd conscience, un court instant, Kouplan croit qu'elle va mourir. Il lui faut un fragment de seconde pour comprendre qu'elle s'est évanouie, mais alors qu'il la croit mourante, l'atmosphère autour de lui tressaille, comme transformée en gelée électrifiée. Puis le chien saute avec un glapissement sur les genoux de sa maîtresse, Kouplan se lève d'un bond et s'élance vers la cuisine, où il remplit d'eau une tasse en plastique Mickey. Il en renverse quelques gouttes en revenant, dans la précipitation. Le chien est alors en train de lécher le visage de Pernilla. Lorsque Kouplan perçoit des mouvements oculaires sous ses paupières, il respire à nouveau. Elle ouvre les yeux, il lui tend la tasse d'eau. Le chien lui-même semble soulagé.

— Pardon, s'excuse-t-elle.

Elle semble si seule... Ses épaules, son dos, sa nuque... Sa souffrance elle-même exhale la solitude. Pernilla a besoin qu'on la prenne dans ses bras, c'est évident, mais difficile de savoir comment elle réagirait si son détective la serrait contre lui. En son for intérieur, Kouplan remercie le chien ocre qui la réchauffe, étendu sur ses jambes.

— Comment ça va ?

— Pas de danger. Excusez-moi.

— On peut faire une pause.

Elle secoue la tête, mâchoires crispées.

— Le temps ne fait pas de pauses.

Son regard s'arrête sur la tasse en plastique. Sur le point de parler, elle se ravise. Ses yeux clairs croisent ceux de Kouplan.

— Je voudrais que tout redevienne normal.

Sous prétexte d'un passage aux toilettes, Kouplan lui laisse cinq minutes pour se ressaisir. Dans la salle de bains blanc et gris, devant le rideau de douche bleu clair accroché au-dessus de la baignoire, Kouplan ouvre sans bruit l'armoire à pharmacie – considérant que cela fait partie de ses attributions. Il y trouve une tétine, un flacon de liniment plein, trois boîtes de tampons, des cotons-tiges, un désinfectant et des protège-slips, ainsi qu'une ordonnance d'antibiotiques comportant le numéro d'identité de Pernilla, qu'il mémorise ; sur le lavabo, un tube de dentifrice pour enfant ; dans un gobelet en plastique, deux brosses à dents, une grande et une petite en forme de dinosaure. Il observe un moment la petite, puis songe pour lui-même : « Si j'étais à sa place, je m'évanouirais aussi. »

À son retour, Pernilla a disparu. Kouplan, hébété, s'arrête devant la tache décolorée, regarde autour de lui, puis entend du tintamarre dans la cuisine. Pernilla ne lève pas les yeux lorsqu'il la rejoint, elle est en train de faire frire du beurre dans une poêle.

— Vous aimez le poisson pané ?

Le délicieux fumet provoque une émeute dans l'estomac de Kouplan. Il pense aimer le poisson pané qui, suppose-t-il, ne contient pas de porc, mais décide tout de même de s'en assurer.

— Vous êtes musulman ? lui demande Pernilla.

Il hausse les épaules. Qu'est-ce qui la pousse à croire qu'il est musulman ?

— Sinon, pourquoi vous ne mangeriez pas de porc ?

Kouplan n'arrive pas à déterminer si la question est hostile ou purement interrogative.

— Et vous, pourquoi vous ne mangez pas de chien ?

Pernilla grimace et retourne le poisson pané d'un geste routinier.

— Dans ce cas, vous adorez vraiment les cochons.

— Pas tous.

Il regrette immédiatement cette plaisanterie de mauvais goût. En suédois comme en anglais, les policiers sont surnommés « cochons », mais ce n'est pas très poli d'employer ce genre de sobriquet, même à propos de quelqu'un qui vous traque sans relâche. Kouplan devrait se montrer plus digne. Pernilla sourit.

— Disons que certains cochons sont plus faciles à aimer que d'autres.

Elle allume une plaque électrique et délaye une poudre dans de l'eau. Cela produit un mélange absolument inodore.

— C'est de la purée instantanée, prévient-elle. Je n'ai pas le courage de cuisiner. Je vous ai préparé une double portion, mais vous n'êtes pas obligé de la terminer.

Kouplan dévore tout ce qu'elle lui sert : une double portion de purée et huit poissons panés. Les bâtons jaune orangé ont un très vague goût de poisson. La purée, en revanche, est parfaitement insipide, mais il se remplit la panse à en avoir mal.

— Un autre jour, si vous m'invitez, je pourrai vous faire des *dolmas*, dit-il en reprenant des forces.

— Vous n'avez pas aimé ?

— Si ! répond-il avec un large sourire. Énormément.

Pendant qu'elle débarrasse, il ouvre son cahier à la page des questions, qu'il compte lui poser en passant, l'air de rien, sans trop insister.

70

— Au fait, vous auriez des photos de Julia ?

Elle lave un verre en silence, puis répond enfin.

— Maintenant, évidemment, je regrette de ne pas en avoir plus. J'aurais dû suivre l'exemple de ces mamans monomaniaques sur Facebook.

— Une ou deux suffiront.

— Je vais voir ce que je trouve.

Au ton de sa voix, Kouplan devine qu'il n'existe peut-être pas de photos de Julia. Et que Pernilla se sent coupable. Il déplace la poêle à frire vers l'évier, se donnant ainsi l'illusion de participer à la vaisselle, et change de sujet.

— Vous vous ressemblez ?

Les yeux plongés dans le bac rempli d'eau, Pernilla sourit.

— Beaucoup. On se comparait parfois devant la glace... Le nez, les yeux et... – Elle renifle. Peut-être s'agit-il d'un sanglot étouffé. – Beaucoup.

Kouplan doit partir. Pernilla va donc être privée de ce regard brun qui l'apaise, qui tempère ses pensées, qui les oblige à se tenir tranquilles. En lui tendant une tasse d'eau, tout à l'heure, l'homme-garçon avait posé la main, furtivement, sur son épaule. Il est même parvenu à endormir Janus. Pourtant Pernilla ne fait rien pour le retenir. Bientôt, elle se retrouvera seule, entourée de ce vide qui devrait être plein de Julia.

— Qu'avez-vous prévu demain ? lui demande-t-elle.

— Je retourne au Globe. C'est impossible que personne n'ait rien vu. Il y a forcément des témoins, il faut les trouver, voilà tout.

Lorsque Kouplan enfile son blouson, ses yeux vacillent, s'agitent imperceptiblement, se plissent et s'écarquillent. Pernilla n'aurait rien remarqué si elle ne connaissait pas intimement ces signes.

— Ça va ? demande-t-elle.

Il avale sa salive et sourit avec insistance.

— Oui, bien sûr.

Non, ça n'allait pas. Pernilla y réfléchit au moment de se changer pour la nuit : Kouplan a peur. Elle ne l'a pas remarqué lors de leur première rencontre – on ne se rend même pas compte immédiatement de la disparition de son propre enfant –, mais après l'avoir étudié, assis dans son salon, mangeant du poisson pané ou encore lui expliquant en détail comment on retrouve un enfant perdu, elle en est persuadée. Tôt ou tard, les gens se dévoilent.

Avant de se coucher, elle vérifie le verrou, frissonnant au contact de la poignée. Et si la porte s'ouvrait… Et si quelqu'un l'attendait sur le seuil…

— Janus ! appelle-t-elle pour éloigner la peur. Janus, tu veux dormir avec moi ?

Lorsque Julia fait un cauchemar, elle vient se blottir contre sa mère.

— Cauchemar, l'informe-t-elle alors, laconique, avant de glisser son corps ténu sous la couverture.

Pernilla lui caresse les cheveux et lui chante une berceuse. Elles finissent par s'endormir toutes les deux. Leurs souffles se mêlent.

Rien à voir avec le halètement geignant de Janus, mais enfin, il respire, c'est toujours ça.

9

Depuis 6 heures du matin, un véhicule de police stationne devant l'immeuble de Kouplan. À 8 heures, il n'a toujours pas bougé. À 9 heures, idem. À 9 h 30, Kouplan a déjà fait cent cinq tractions et envoyé un mail à Karin pour lui annoncer qu'il possède désormais un titre de transport. Il lui demande si elle peut l'aider à se procurer une carte d'identité, sachant que la réponse sera sans doute négative. Elle ne doit pas connaître l'existence sur Internet d'un dénommé Fletch, qui demande deux mille couronnes pour un permis de conduire, ni savoir qu'un document crédible coûte dix fois cette somme. Il a tant réfléchi que des guêpes bourdonnent dans sa tête. Il enchaîne dix tractions supplémentaires, puis jette un nouveau coup d'œil par la fenêtre. La police est toujours là.

Il se souvient de son frère, sept ans auparavant. *Il ne faut pas devenir fou,* lui dit-il de son air courageux, qu'il conserve même lorsqu'il est terrorisé. *Il ne faut pas se laisser dévorer par la peur.* Kouplan entend encore les différents timbres de sa voix. *Qu'est-ce que tu fabriques ici ? Tu rétrécis ou tu grandis ? Concentre-toi ! Alors ? Qu'est-ce que tu fabriques ?*

Kouplan se souvient également de la réponse correcte : *Je travaille.*

À 10 h 05, il a tracé un schéma de toutes les pistes imaginables et dressé l'inventaire des personnes qui auraient pu s'intéresser à Julia. *Le temps ne fait pas de pauses*, écrit-il dans un coin pour ne pas l'oublier. Il doit maintenant classer les pistes par ordre de priorité. Lorsque le téléphone sonne, absorbé par son travail, il sursaute, non de peur mais de surprise. C'est Rachid.

— Je m'appelle Kouplan, maintenant. N'utilise plus mon ancien nom, s'il te plaît.

— D'accord, Kouplan. J'ai demandé à mes colocataires s'ils connaissaient des gens qui font du trafic d'êtres humains. Ils m'ont demandé pourquoi je posais la question.

— Et tu as dit quoi ?

— Que je m'inquiétais pour ma femme et que je voulais savoir de qui il vaut mieux se méfier.

Les colocataires l'ont regardé, raconte Rachid, comme s'il avait l'intention de se payer un être humain. Plus tard, ils ont reçu la visite des hommes qui leur procurent du travail chez Azad, au kebab. Entre deux verres de vodka, la question de Rachid est revenue sur le tapis.

— Et ?

— Il y a un mec qui s'appelle MB. Ils ne l'aiment pas, ça se voit.

MB. Kouplan note.

— Seulement MB ?

— Il a un business avec des filles, il les transporte à travers toute l'Europe du Nord. En tout cas, c'est ce qu'ils laissaient entendre. Si quelqu'un enlève un

74

enfant, on peut supposer que ce soit lui. Mais ce n'est pas tout.

Kouplan note. *Europe du Nord, filles.*

— Quoi d'autre ?

— Ils ont mentionné quelqu'un : *la petite fille.* Les autres, ils les appelaient *les filles.*

Kouplan frémit. Pourtant il ne s'agit pour lui que d'un boulot, et cette « petite fille » pourrait être n'importe qui. Rachid ne sait rien de plus sur MB, hormis qu'il a un pif énorme et qu'il boit du whisky. Les autres ont d'ailleurs trouvé ça drôle.

— Je n'ai pas compris la blague. Azad et mes colocataires ne boivent que de la bière, c'est peut-être pour ça. Je ne sais pas.

— Merci, Rachid.

— Il n'y a pas de quoi… Kouplan.

Le véhicule de police n'a pas bougé d'un millimètre. Kouplan doit mobiliser tout son rationalisme et tout son calme pour esquiver la crise de paranoïa. Il se remet devant son ordinateur et écrit *MB* dans son moteur de recherche – il faut bien commencer quelque part. Il obtient les résultats « mégabyte » et « Mercedes Benz ». Les initiales MB sont peut-être les plus courantes de Suède… L'annuaire électronique ne lui apprend rien de plus. MB…, songe-t-il. L'homme pourrait porter un tout autre nom et posséder une Mercedes Benz. Google lui suggère également la Medical Library et une chanson du chanteur de pop suédois Orup. Commençant à avoir le tournis, Kouplan se prépare un paquet de nouilles à la cuisine.

75

PISTE Nº 1 : Le ravisseur a besoin d'un enfant. MB ? Achète et vend des filles ; « la petite fille » ? À faire : retrouver la trace de MB à travers les contacts de Rachid ; demander au Globe si quelqu'un a vu un homme avec un grand nez.

PISTE Nº 2 : Le père (Patrik). Pas de traces d'enfant chez lui. S'il est psychopathe, il se peut qu'il la retienne dans sa cave. Probablement pas. À faire : appeler en faisant semblant de réaliser une étude statistique et demander s'il a des enfants (mais pas depuis le téléphone portable ni le fixe).

PISTE Nº 3 : Pernilla. Cache-t-elle quelque chose ? Pourquoi refuse-t-elle de signaler la disparition ? À faire : l'interroger sur Julia, sur leur vie commune ; lui demander la raison de sa réticence à contacter la police.

PISTE Nº 4 : Le ravisseur appartient à l'entourage de Julia. Dresser l'inventaire de ses fréquentations (voir piste nº 3). À faire : s'entretenir avec le personnel de la bibliothè

Lorsque la porte s'ouvre soudain, il n'a pas le temps de réagir. Les enfants entrent en trombe dans l'appartement, c'est-à-dire chez eux – rien d'anormal à cela. Regina s'arrête net sur le pas de la porte.

— Bonjour Kouplan !

Il referme brusquement son cahier, fait un sourire gêné à Regina et une gentille grimace aux enfants.

— Je viens de déjeuner, je suis resté quelques minutes.

Regina éclate d'un rire chaleureux.

— Je t'ai déjà dit que tu pouvais utiliser la pièce !

Kouplan aimerait avoir une expression aussi bien-veillante qu'elle. Il hoche la tête vers la fenêtre.

— Il s'est passé quelque chose ?

— Comment ça ?... Ah ! Tu parles de la police ? Non, pas à ma connaissance.

— Ils sont garés là depuis 6 heures du matin.

— Vraim... Liam ! Sois gentil avec Ida, tu veux ?

Un hurlement résonne à travers le salon. Manifeste-ment, Liam n'est pas gentil avec Ida. Regina se dépêche d'aller voir. Kouplan devrait retourner dans sa chambre, mais il s'arrête sur le pas de la porte.

— C'est elle qui me l'a pris ! se défend Liam, indigné.

Âgé de cinq ou six ans, de la hauteur d'une table ordinaire, il parsème d'un vocabulaire fleuri ses dis-putes avec sa sœur, fait tomber par terre les miettes de ses sandwichs et trouve des explications créatives aux disparitions de chocolats. Pour le moment, il hurle à pleins poumons et, en voyant Kouplan, se tait abrup-tement. Sa sœur lui arrache l'objet de la discorde, un tracteur. Liam garde ses yeux bleu ciel rivés sur Kouplan, qui voudrait lui demander : « Si quelqu'un t'enlevait, comment réagirais-tu ? » Toutefois, poser une question pareille à un enfant de son âge aurait quelque chose de louche. D'ailleurs, quoi qu'il puisse demander à Liam, Regina en prendrait note menta-lement et, dès lors, prêterait une attention accrue à son locataire. Soudain, dans son for intérieur, Kouplan entend son frère éclater de rire – depuis le matin, il ne l'a pas quitté : « Une attention accrue ? dit-il, moqueur. Tu habites dans son appartement, tu ne crois pas qu'elle t'a déjà remarqué ? » Les grands yeux de Liam le dévisagent toujours.

— Tu as vu la voiture de police ? lui demande Kouplan, faute de mieux.

Liam sourit exactement comme sa mère. Quand il sera grand, il veut faire policier, déclare-t-il. Kouplan réprime un frémissement. Cela dit, il lui reste au moins une quinzaine d'années avant que Liam n'endosse l'uniforme. Et bien entendu, à ce moment-là, tout sera réglé... n'est-ce pas ?

« *Pendant combien de temps une personne peut-elle rester cachée ?* » tape-t-il dans Google. Son frère lui dit d'arrêter de rétrécir, et Internet n'a pas de réponse. Google propose : « *Pendant combien de temps un herpès peut-il rester caché ?* » Quelqu'un sur le forum Flashback se demande comment retrouver une personne qui se cache, on lui répond que tout le monde est inscrit au Trésor public. Du moins pourrait-on le croire.

Dans la rue, le véhicule de police s'éloigne. Lentement, comme un crocodile. La proie souffle en silence.

10

Quand Julia avait quatre ans, nous sommes parties en excursion au bord de l'eau. Nous avons pris le bus jusqu'à la plage et continué à pied. Je flânais, Julia courait ici et là, franchissant à petits bonds les racines des pins qui dépassaient du sol, aussi épaisses que ses bras. Soudain, elle s'est arrêtée net devant un scarabée. Elle s'est penchée et a eu un mouvement de recul lorsqu'il a écarté ses ailes, noires comme du cirage, avant de s'envoler. J'ai ri. Elle a pris un air vexé, puis s'est mise à rire aussi. Il flottait à l'orée du bois une odeur de fleurs de la Saint-Jean.

— On n'est jamais venues dans cette forêt, a-t-elle noté.

À l'époque, elle posait des questions sous forme d'assertions.

— Ce n'est pas vraiment une forêt, lui ai-je répondu. Disons un petit bois. On est venues une fois quand tu étais toute petite. Bébé.

— Quand j'étais dans ton ventre.

J'ai ri à nouveau. Elle aussi, sans savoir pourquoi.

— Non, un peu plus tard. Tu étais tellement petite que je te portais tout le temps dans mes bras.

Le soleil filtrait à travers les branchages, nous avons parcouru quelques mètres, soudain baignées par une lumière éclatante. Je plissais les yeux, respirais l'air saturé d'été et écoutais l'eau, le vent et le joyeux bavardage de Julia. Quelque part entre ciel et terre, un oiseau gazouillait, peut-être un merle. Son chant caressant donnait envie de cueillir le jour. Le soleil. Le merle. Le vent. Combien de temps ai-je mis à remarquer que Julia s'était tue ? L'oiseau a repris son souffle, j'ai été saisie par le silence, j'écarquillais les yeux. L'enfant avait disparu.

— Julia ?

Paniquée, j'étais partagée entre l'envie de hurler à pleins poumons et le réflexe de l'appeler doucement. Comme on m'a appris à ne pas crier, j'ai vociféré :

— Julia ? Julia, où es-tu ? Julia, reviens, ce n'est pas drôle !

Je l'ai retrouvée à proximité des roseaux, face à un cygne qui devait peser douze kilos. Ils se dévisageaient, Julia, émerveillée, et le cygne, fier et distant. On ne joue pas avec ces oiseaux-là.

— Julia !

Elle a tressailli. Le cygne a avancé son pied palmé d'un pas clapotant. Je me suis précipitée vers eux, j'ai saisi Julia par la taille et l'ai éloignée de l'animal au regard minéral. Mon cœur battait la chamade contre le dos de mon enfant. Elle en a sans doute senti les coups, elle a reniflé. Après l'avoir tournée contre moi, je me suis efforcée de la rassurer en posant sur elle un regard sécurisant. Nous sommes restées ainsi jusqu'à ce qu'elle soit tranquillisée.

— C'est un très grand oiseau, a-t-elle constaté. Tu as eu peur qu'il me prenne ?

Je lui ai caressé la joue. Le soleil déversait à nouveau des flots de lumière sur nous.

— Oui, un peu.

— S'il m'avait prise, j'aurais fait ce que tu m'as dit.

Le cygne s'éloignait en glissant lentement sur l'eau. De loin, il était ravissant. Je me suis accroupie face à Julia.

— Montre.

Si un passant nous avait aperçues à cet instant, il aurait cru que Julia faisait une crise de nerfs.

— Lâchez-moi ! a-t-elle hurlé en se débattant, puis elle a gloussé et repris de plus belle. Je suis la fille de Pernilla, pas de cet oiseau ! Emmenez-moi à... C'était où, déjà ?

— À l'église Sofia.

— Emmenez-moi à l'église Sofia !

Elle oubliait toujours le lieu du rendez-vous.

11

Le véhicule de police a bloqué la sortie de l'immeuble pendant toute la matinée, ce qui a contraint Kouplan à des recherches approfondies sur Internet. Il a ainsi fait une découverte qui réclame à présent toute son attention. Il doit d'abord trouver un angle d'attaque approprié. Il y pense si fort qu'il en oublie de surveiller les portillons du métro, mais tout se passe sans problème – ce qui est d'autant plus dangereux, car cela implique qu'il baissera la garde, tôt ou tard.

Il se dirige vers le Globe lorsque Pernilla l'appelle.

— Elle est peut-être à l'église Sofia, lui annonce-t-elle, hors d'haleine. On s'était mises d'accord pour s'y retrouver si jamais on se perdait.

L'affirmation comporte une interrogation sous-jacente.

— Rendez-vous là-bas, répond Kouplan.

Toujours plongé dans sa réflexion sur la meilleure façon de présenter sa découverte à Pernilla, il descend du train et s'oriente vers la ligne rouge. Si la fillette est réfugiée à l'église Sofia, il n'aura même pas besoin d'aborder le sujet.

Janus, l'apercevant de loin, se montre ridiculement content de le retrouver. Kouplan se penche pour accueillir un bisou mouillé qui lui procure un sentiment de sécurité. Un homme qui salue le chien exalté d'une femme blonde, quoi de moins suspect ?

Pernilla lui fait une accolade inattendue. La veille, à son départ, ils se serraient encore la main. Le corps de Kouplan réagit au quart de tour, ce geste lui noue la gorge, il reste muet, incapable de parler. Sa chair vient de lui rappeler de façon directe et naïve, comme elle seule en est capable, que le contact physique fait du bien. À ce stade, Pernilla l'a déjà lâché.

— On se disait toujours qu'on se retrouverait ici, explique-t-elle. Je ne sais pas si Julia s'en souviendra. C'est fermé, ajoute-t-elle lorsque Kouplan jette un coup d'œil au portail massif qui cache peut-être un enfant.

— Vous avez regardé par les fenêtres ?

La plupart sont situées bien au-dessus de leurs têtes, mais deux d'entre elles se trouvent au niveau des bancs, et ils peuvent les atteindre en grimpant sur les dossiers.

— Restez assise ! s'exclame Kouplan.

Mais dans l'espoir de découvrir Julia saine et sauve, bien au chaud, entourée de gentils paroissiens, Pernilla ne peut s'empêcher de se lever.

Bien entendu, le banc bascule. Alors elle descend et tend le cou, essayant désespérément d'apercevoir l'intérieur de l'église. Perché sur le dossier, Kouplan vacille, se retient au mur et se hisse à la hauteur d'une fenêtre.

— Vous voyez quoi ?

— Rien.

Debout sur la pointe des pieds, il essaie de se grandir. S'il glisse, Pernilla ne pourra pas le rattraper. Elle lui sert de contrepoids pour stabiliser le banc, rien de plus. Elle observe fébrilement les semelles crevées de Kouplan.

— Rien, dit-il en frappant à la vitre. C'est complètement m... vide à l'intérieur.

Il a failli dire « mort », mais il s'est retenu. Pernilla l'a remarqué, elle en a les larmes aux yeux. Les semelles crevées descendent du banc, Kouplan soupire.

— Je vais faire le tour de l'église. Vous pouvez m'attendre ici, si vous voulez.

Un tourbillon de pensées chaotiques traverse l'esprit de Pernilla – cela lui arrive parfois depuis la disparition de Julia. « Si vous voulez... » Qu'est-ce que cela signifie, au juste ? Quoi qu'il en soit, ce qu'elle désire le moins au monde est de rester assise sur un banc.

Kouplan attend patiemment.

— Comment ça va ? lui demande-t-il.

Il tend maladroitement la main vers elle. Elle a l'impression de mourir. Elle inspire un grand bol d'air et fixe un point aussi éloigné que possible dans le ciel. « Comment ça va ? »

— Faisons le tour de l'église, dit-elle en secouant ses membres, qui lui semblent de plomb. De toute façon, elle n'est pas ici.

C'est certainement vrai. Kouplan fait confiance au sentiment de Pernilla, qui a le nez rouge et les yeux brillants. Ils se mettent tout de même en marche.

— Vous avez l'habitude de venir ici ? demande Kouplan.

Il a soigneusement évité de dire « vous aviez ».

— Pas dernièrement. Quand Julia était plus petite, oui. C'était le seul endroit où…

Elle s'interrompt, il la regarde : un chacal effrayé qui en observe un autre. Qu'a-t-il bien pu arriver à Pernilla ?

— De…, dit-il en cherchant ses mots. De quelle manière vous a-t-on aidée, ici ?

Le regard de Pernilla erre le long du mur de brique et se perd dans le ciel bleu givré.

— Il y avait un pasteur, je ne sais pas s'il travaille toujours ici. Il était… eh bien… gentil. Il m'arrive d'être un peu fragile. – En prononçant ces derniers mots, elle se tourne vers Kouplan et lui dévoile un visage dénué d'artifice. – Il y a différentes raisons. Parfois, on tombe sur quelqu'un qui vous accepte tel que vous êtes.

« Quelles raisons ? voudrait-il lui demander. Qu'est-ce qui vous a fragilisée ? »

— Comment s'appelait-il, ce pasteur ?

— Tor. Je ne connais pas son nom de famille.

Kouplan mémorise le prénom – facile : Tor, le dieu païen de la guerre.

— Vous allez à l'église ? lui demande Pernilla.

— Jamais.

— Vous n'êtes pas religieux.

— Non.

— Mais vous ne mangez pas de porc.

— Non.

86

Il semble plus important à Kouplan de raccompagner Pernilla chez elle que de se rendre au Globe pour y recueillir encore des réponses négatives et des regards interrogateurs. Il a besoin d'en savoir plus sur elle, et il y a des sujets qu'on n'aborde pas dans la rue.

— Vous n'allez pas chercher Julia ? lui lance-t-elle.

Elle enfonce la clé dans la serrure.

— C'est ce que je fais.

Il pourrait lui expliquer que ses bizarreries l'en empêchent, mais elle se refermerait probablement comme une huître.

— J'ai trois pistes, ajoute-t-il, et il me faut quelques renseignements complémentaires avant de continuer.

— Quels renseignements ?

— On peut s'asseoir ?

Un véritable détective aurait ouvert son ordinateur portable. Kouplan sort son cahier bleu ciel de l'Institut de suédois pour les étrangers.

— La première piste concerne Patrik. Même si je ne crois pas que ce soit lui.

Pernilla secoue la tête.

— Moi non plus.

— Je vais tout de même l'explorer, passer quelques coups de fil, mais… Bref. La deuxième piste concerne un homme mêlé à un trafic d'êtres humains. Je retournerai au Globe voir s'il y est passé. Si quelqu'un l'a vu là-bas.

Pernilla le dévisage, les yeux écarquillés.

— Et si c'était lui ?

Kouplan se souvient du dégoût qu'a affiché Rachid pendant leur conversation sur MB et prend sa voix la plus réconfortante pour répondre à Pernilla :

— Si c'est lui, alors Julia est en vie.

— Mais pourquoi s'en prendrait-il à elle ?

Kouplan se réchauffe les mains sur sa tasse de café. Oui, pourquoi ? Pourquoi Kouplan a-t-il atterri dans ce pays, dans cet appartement, dans ce corps, en face de cette femme ?

— Les choses arrivent parfois sans explication. Passons à la troisième piste. Elle concerne les fréquentations de Julia.

— J'ai essayé de me rappeler s'il y avait quelqu'un en particulier, mais...

— J'irai à la bibliothèque demain matin, je crois que c'est fermé à cette heure-ci. Ensuite, je pensais à Tor.

— À Tor ?

— Vous m'avez dit qu'il vous avait aidées, vous et Julia. Il a dû sympathiser avec Julia.

Pernilla renverse la tête en arrière dans un geste qui ne signifie ni oui ni non.

— Bien sûr, mais ce n'est pas une raison pour l'enlever.

— Elle est peut-être allée à l'église pour vous y retrouver, comme convenu. Dans ce cas, on peut supposer qu'il se soit occupé d'elle. Il ne sait pas où vous habitez, n'est-ce pas ? Il aurait pu appeler la police.

Pernilla se fige en plein mouvement, sa tasse à café dans la main. Une ride parcourt la surface du liquide brun.

— Il ne ferait jamais ça. Il attendrait sûrement que je me manifeste. Oui, c'est ce qu'il ferait, pas de doute.

Elle hoche la tête et croise le regard de Kouplan. Au fond de ses yeux miroite l'espoir de retrouver la petite Julia en sécurité entre les mains du pasteur Tor.

Kouplan a néanmoins rencontré de trop nombreux prêtres pour nourrir ce genre d'idée.

— Voilà les pistes, achève-t-il. Il faut que je mange quelque chose. Ensuite, je m'occuperai de Patrik pour m'assurer qu'il n'est pas mêlé à l'affaire.

— D'accord.

— Mais d'abord, je dois vous poser une question. C'est important.

Depuis qu'Internet l'a conduit jusqu'à d'innombrables hommes portant les initiales MB, entre autres sur le site du Trésor public, il y pense sans arrêt. Il pose sa tasse et fixe Pernilla.

— Pourquoi Julia Svensson n'a pas de numéro d'identité ?

12

Kouplan laisse flotter la question, attendant patiemment que Pernilla s'en saisisse. Finalement, elle pose sur lui un regard inquisiteur.

— Je ne sais pas si vous pouvez comprendre.

En raison d'un faisceau de centaines de milliers de circonstances, il se trouve que Kouplan est la seule autre personne dans ce pays et dans cet appartement à ne pas posséder de numéro d'identité, mais il ne le mentionne pas.

— Je peux comprendre la plupart des choses.

— Hmm, fait Pernilla. Hmm. Je vais me resservir du café.

Elle disparaît dans la cuisine. Son gilet de laine et son jean dissimulent d'indicibles chagrins : un corps qui a porté un enfant disparu, une vie amputée, comparable à celle de Kouplan.

Enfin, si c'est elle qui a porté l'enfant. Un doute envahit désormais Kouplan. Il l'écarte, puis se résigne à l'affronter, en véritable détective : *et si, depuis le début, ce n'était pas son enfant ?*

Pernilla tremble en posant sa tasse sur la table.

— Que savez-vous exactement sur les services sociaux suédois ?

Kouplan hausse les épaules : qu'on ne peut pas leur demander d'aides si on n'a pas son permis de séjour.

— Les services sociaux ont le pouvoir de priver un parent du droit de garder son enfant. Ils évaluent si on est apte. Vous comprenez ?

— Pourquoi ce ne serait pas le cas ?

Pernilla frissonne et se recroqueville sur le canapé. Elle ressemble soudain à une petite fille.

— J'ai eu des problèmes quand j'étais plus jeune. Puis j'ai rencontré Patrik. Je me suis ressaisie mais, pour aller vite, les choses se sont à nouveau gâtées quand je suis tombée enceinte. Regardez.

Elle remonte sa manche et montre à Kouplan un avant-bras pâle. Des stries ressortent sur la peau blanche, témoignant d'un désespoir profond et de lames de rasoir apaisantes.

— Patrik m'a fait interner à l'hôpital psychiatrique. J'y suis restée pendant un moment... Je faisais des allers et retours, mes souvenirs de l'époque sont un peu flous. Vous ne me croyez tout de même pas folle ?

Elle le dévisage, inquiète. Il songe que les cicatrices sur son bras sont blanches comme de la craie, c'est-à-dire anciennes. Il secoue la tête.

— Non, je ne vous crois pas folle.

Elle respire, laissant échapper un faible gémissement d'angoisse, puis replie ses jambes sous elle.

— On ne m'aurait pas laissée garder Julia.

Le silence qui suit raconte le reste de l'histoire. Kouplan complète :

— Alors vous avez prétendu avoir fait une fausse couche.

— J'ai donné naissance à Julia toute seule, ici, dans cette pièce,

Kouplan vit aujourd'hui dans un pays où les citoyens sont pris en charge. Voilà l'idée qu'il se fait des Suédois : des feuilles Excel qui tiennent debout uniquement grâce à des cases et des calculs préprogrammés. Tout cela s'appelle l'État-providence. Pernilla représente une faille vertigineuse dans le système et Julia, sa fille, a le même statut que Kouplan. Ni l'un ni l'autre ne sont citoyens. Kouplan digère l'information, tandis que Pernilla poursuit son explication :

— Si elle n'existe pas, personne ne peut me la prendre.

Elle a redescendu la manche de son gilet et boit du café tiède. Kouplan contemple la pièce, tentant de s'imaginer cette Suédoise blonde donnant naissance à un enfant sur le lino, entourée de piles de serviettes. Pernilla respire bruyamment, comme si elle sniffait de la cocaïne. Soudain, elle le regarde avec la même expression dénuée d'artifice que devant l'église.

— Et maintenant, quelqu'un me l'a prise.

Kouplan n'arrive pas à décoller, à quitter cet appartement, à fermer la porte sur un pareil aveu pour aller s'acheter un kebab. Le café calme sa faim, mais lui ronge l'estomac. Fort heureusement, Pernilla se lève.

— Je vais me préparer un sandwich. Vous en voulez un ?

Il en avale quatre, au fromage et au poivron. Il en aurait bien pris un cinquième, mais cela n'aurait pas été convenable.

— Reprenez-en un, insiste Pernilla, lui jetant un rapide coup d'œil. Vous n'avez pas mangé aujourd'hui ?

Kouplan médite, l'évaluant du regard. « N'en parlez à personne, a dit Karin. C'est vital. » Muni d'un couteau de plastique vert, il étale du beurre sur du pain, et avoue enfin :

— Moi non plus, je n'existe pas.

Les secrets ont la capacité de comprimer l'âme. Ils sont nos murs, nos chambres étriquées, la cellule dans laquelle on attend ses soixante-quinze coups de fouet. Le sentiment qu'ils instillent en nous tend à démontrer que l'être humain n'est pas fait pour mentir.

— Je me soustrais à la police des frontières, annonce Kouplan, contrairement à ce qu'il devrait faire.

Il a peur, certes, mais il respire plus librement.

— Je sentais bien qu'il y avait quelque chose, avoue Pernilla.

Lorsqu'ils se quittent, Kouplan a l'impression que Pernilla le serre un peu plus longtemps dans ses bras. Elle sent le savon parfumé, sa peau est tiède, sa joue, douce. Ses cicatrices blanches réchauffent la nuque de Kouplan.

De retour dans sa chambre, il note : *Les services sociaux prennent les enfants*. Il faut vérifier ces nouvelles données pour mieux cerner le contexte. Une mère donne des conseils à d'autres mères privées de leurs enfants par les services sociaux. Sur un forum, il découvre des centaines de fils sur la façon de se protéger contre la *loi sur le placement des jeunes*. L'un est intitulé : *Les services sociaux menacent de prendre mon enfant dès sa naissance à la maternité.* Kouplan découvre un pan de la Suède qu'il ne soupçonnait pas. Il se demande quel est le degré de probabilité qu'un employé des services sociaux apprenne que, en secret, Pernilla a donné naissance à un enfant et, le cas échéant, qu'on décide de le lui enlever en pleine rue. Faible, conclut-il, mais il ajoute tout de même cette nouvelle piste à sa liste, qui en compte désormais cinq.

13

Sur le téléphone portable de Kouplan, une minute d'appel coûte cinquante-neuf centimes de couronne, dix minutes, six couronnes et une heure, trente-six couronnes. Le tarif est applicable pour chaque minute entamée. Voilà pourquoi il vaut mieux garder un œil sur la trotteuse. Kouplan pourrait passer le coup de fil avec le téléphone fixe de la famille, bien sûr, mais il serait alors possible de remonter jusqu'à eux.

Dès que la porte d'entrée se referme, étouffant les cris d'enfants dans le couloir, et que l'ascenseur se met en marche, Kouplan s'installe dans la cuisine, face à l'horloge, respire profondément et répète les phrases qu'il a préparées de sa voix d'homme mûr, super suédois. Puis il compose le numéro de Patrik, qui décroche très vite.

— Bonjour, commence Kouplan. Je me présente : Robert Johansson. J'aimerais vous poser quelques questions sur une certaine Pernilla Svensson. C'est bien ici ?

— Non.

97

Réponse abrupte. Kouplan reprend sur son ton suédois le plus songeur :

— Hmm… C'est bizarre… Vous n'êtes pas Patrik Magnusson ? L'ancien compagnon de Pernilla ?

— Qu'est-ce que ça peut vous foutre ?

— Elle vous a inscrit dans sa liste de références, réplique Kouplan, très à l'aise dans son gros mensonge. Vous ne la connaissez pas ?

— Comment elle s'est procuré mon numéro, d'abord ? Non, franchement, je n'ai rien à voir avec cette malade mentale, rien du tout !

— Mais vous savez de qui il s'agit ?

— Écoutez…

L'intonation de Patrik se fait si autoritaire que Kouplan en profite pour mémoriser le ton : une nuance de plus dans sa banque de voix, catégorie « ça ne rigole pas ».

— Si jamais vous la voyez, dites à cette folle de me laisser tranquille. Je suis passé à autre chose.

— Et Julia ? C'est tout de même votre fil…

— Qui êtes-vous, à la fin ? l'interrompt Patrik, qui a manifestement du mal à se maîtriser. Une liste de références, dites-vous ? Et pour quoi faire, si je peux me permettre ?

Kouplan est sur le point de lui révéler la disparition et de mêler ce père à la quête de sa fille, mais un obscur pressentiment l'incite à s'abstenir.

— Je… Je ne fais que demander, Pernilla m'avait…

— Il n'y a plus rien à ajouter. Qu'elle arrête ses conneries, c'est compris ? Ne me rappelez plus jamais.

Clic. Cinquante-huit secondes. On pensera ce qu'on voudra de Patrik, il a tout de même fait économiser cinquante-neuf centimes à Kouplan. *Mal disposé*

98

envers Pernilla, note Kouplan dans son cahier. *Se fiche de Julia – est-ce vraiment sa fille ?* Puisque Pernilla prétend qu'il est le père et que Patrik refuse de lui parler, Kouplan n'a aucune idée de la façon dont il pourra s'y prendre pour élucider ce point. On ne vend pas de test d'ADN au supermarché, en Suède. Au bas de ses pistes, il note : *D'autres hommes dans la vie de Pernilla il y a sept ans ?*

Le deuxième appel de la journée est consacré à la paroisse de Sofia. Une femme répond, elle ne connaît aucun Tor, mais elle ne travaille là que depuis six mois. Elle rit. Sa voix met Kouplan à l'aise, elle donne envie de bavarder.

— Un instant, je vais voir si quelqu'un avec plus d'ancienneté sait de qui il s'agit, dit-elle.

Pendant qu'à l'autre bout du fil un silence assourdissant résonne dans l'oreille surchauffée de Kouplan, collée au combiné, la trotteuse de l'horloge parcourt soixante-trois secondes. Il lit et relit ses notes à la recherche d'un point fixe, d'une donnée stable, de quelque chose qui ne fuirait pas comme le temps, qui ne s'écoulerait pas comme du sable, qui ne serait pas insaisissable comme ce Tor, ni aléatoire comme les employés des restaurants grec et thaïlandais, du Subway et du kiosque, où personne n'a aperçu un seul homme suspect accompagné d'une enfant. Ni impénétrable comme Patrik, l'ex dont il ne tirera rien.

— Allô ? Oui, eh bien… J'ai parlé au trésorier, et il y a bien eu un Tor ici. Vous avez de quoi noter ?

Oui ! Car si Kouplan possède quelque chose, c'est bien de quoi noter.

À 10 h 30, il descend du bus dans le quartier de Pernilla. Il hésite un instant : devrait-il lui proposer de l'accompagner ? Son estomac se serre. Un vague pressentiment.

Un jour, son frère, qui devait couvrir une réunion pour le journal, a proposé à Kouplan de l'accompagner, mais l'estomac de Kouplan s'est légèrement noué. Une inquiétude diffuse. « Heureusement, a dit ensuite sa mère. Merci, Allah, d'avoir épargné un de mes enfants. »

Se fiant à son ventre, Kouplan traverse seul le modeste centre-ville et arrive devant les portes vitrées sur lesquelles on lit, en caractères institutionnels : BIBLIOTHÈQUE MUNICIPALE. Autour de lui, les gens se rendent à leur travail, des jeunes en heure de perm' achètent une saucisse au kiosque, des dames et des messieurs frigorifiés sortent du Systembolag, le magasin d'alcool, munis du sac en plastique violet, reconnaissable entre mille. Dans la bibliothèque règne une odeur de municipalité et de littérature. Une bibliothécaire brune retire des volumes d'un rayon et les dépose dans un chariot. Perplexe, elle demande à Kouplan de répéter.

— L'espace jeunesse ?

— Oui. C'est par où ?

— À droite, après la littérature générale, là-bas.

En tournant à droite, Kouplan sent son regard lui brûler le dos. Qu'y a-t-il de si bizarre à ce qu'il ait des enfants ? Ou qu'il en connaisse ?

L'espace jeunesse est équipé de meubles lilliputiens : petites chaises rouges et minuscules tables en bois. Une grande figure cartonnée représentant

Emil de Lönneberga, le célèbre personnage d'Astrid Lindgren, y accueille le petit lecteur. Deux pères barbus promènent leurs enfants : des bébés dans des landaus, deux jumelles âgées d'environ cinq ans et un garçon qui doit en avoir trois.

La bibliothécaire aux formes généreuses, cheveux courts et lunettes, environ vingt-cinq ans, offre un joli sourire à Kouplan.

— Elle vient régulièrement, dit Kouplan en lui montrant une photo de Pernilla sur l'écran de son téléphone.

Pas exactement un iPhone, la jeune femme doit s'approcher de l'écran pour distinguer quelque chose. Kouplan entrevoit son décolleté plongeant. Étant donné les circonstances, il a une pensée assez déplacée.

— Vous la reconnaissez ?

Elle hoche lentement la tête en regardant l'image.

— Je crois.

— Elle a une fille. Elles viennent ensemble, en général.

— Ah bon. Et... ?

— J'ai trouvé ça, poursuit Kouplan en brandissant son cahier. Je crois qu'il est à elle. C'est plein de rendez-vous et de numéros de téléphone. Ça m'a l'air important. Mais il n'y a pas le nom du propriétaire. Vous pourriez m'aider à les contacter ?

La bibliothécaire ne demande qu'à lui rendre service, il le voit. Elle le prie de lui tendre à nouveau l'écran, mais Kouplan essaie de lui soutirer des renseignements sur Julia.

— Sa fille a six ans, reprend-il. Elle est plutôt sage. Peut-être que quelqu'un ici la connaît...

La bibliothécaire saisit la main de Kouplan, ses doigts l'entourent suavement et elle la tord pour rediriger l'écran vers elle.

— Je crois que je vois qui c'est. Je ne leur ai jamais parlé. Sauf peut-être pour leur expliquer les règles de prêt, rien de plus. Elle est un peu spéciale, non ?

Elle regarde Kouplan sans lui lâcher la main. Cela le met mal à l'aise.

— On est tous un peu spéciaux, modère-t-il avec son sourire le plus charmeur pour compenser ce reproche sous-jacent.

Un véritable détective n'aurait pas répondu cela. Un véritable détective aurait dit : « Qu'entendez-vous par là ? »

Après un kebab, Kouplan se rend au Globe – non que ses expéditions aient servi à grand-chose jusqu'à présent. Cette fois, dès sa descente du bus, il est accueilli par deux policiers mastodontes. Son premier réflexe est de s'engouffrer dans la bouche de métro la plus proche, mais les agents ne lui adressent pas un regard. Leurs yeux d'aigle fouillent les environs à la recherche d'écharpes jaune et noir ou rouge, jaune et bleu, de consommation de bière et de testostérone. Une dizaine de jeunes gens âgés d'une vingtaine d'années, en noir et jaune, piétinent, les jambes gonflées en salle de musculation, exerçant leurs voix basses, riant un peu trop fort et éclaboussant les passants d'hormones génitales. Kouplan, reconnaissant, se faufile parmi eux.

Il retourne d'abord au Subway, où dominent le noir et le jaune. La jeune fille habituelle n'est pas à la caisse, c'est une autre. Au restaurant grec, bondé, les « bières spécial hockey » sont à cinquante couronnes et le serveur ne lui accorde pas même un regard lorsqu'il demande discrètement s'il peut « lui poser quelques questions ». Dehors, les CRS se mêlent aux types louches exhibant des pancartes : ACHÈTE TICKET. Ces derniers n'ont pourtant pas l'air de supporters de hockey.

PISTE Nº 1 : Le ravisseur a besoin d'un enfant. Qui se rendrait au Globe pour enlever un enfant ? Eh bien, un type louche qui connaît bien les lieux. Kouplan respire profondément, ignore les policiers qui ne sont pas là pour lui, heureusement, et s'avance vers un des bonshommes.

— Des tickets ? demande celui-ci à Kouplan, qui secoue la tête.

— Je pensais juste à un truc.

— Et moi, je bosse.

— Rapidement.

Ils parlent depuis dix secondes lorsqu'un deuxième porteur de pancarte s'approche. Kouplan comprend alors qu'ils sont organisés. Il vaudrait sans doute mieux ne pas leur poser la question, mais il le fait quand même.

— Vous travaillez ensemble ?

— Et alors ? Ça te gêne ? lance le nouveau venu. C'est six cents.

— Je cherche quelqu'un, répond Kouplan. Un mec antipathique qui traîne souvent par ici. Il s'appelle MB.

Les hommes échangent un regard.

— Tu ne veux pas acheter de ticket, c'est ça ? dit l'un.

— Attends, dit l'autre. Qu'est-ce qu'il a, ce MD ?

103

— MB, répète Kouplan.

— Il vend des tickets ?

— Je sais seulement qu'il a un gros nez, qu'il s'appelle MB et qu'il traîne souvent par ici.

Le plus grand vendeur l'observe, grimaçant.

— Tu ne sais pas grand-chose, alors.

Kouplan voit clair dans leur petit jeu. Ils le mènent en bateau, s'amusent à ses dépens, curieux de savoir ce qu'un jeune Iranien propret comme lui pourrait bien vouloir à un voyou au gros nez. Ils devinent que c'est une affaire de drogue ou d'argent.

— Il était là lundi dernier, dit Kouplan. Avec une petite fille. Elle a six ans.

Les hommes échangent quelques paroles dans leur langue.

— Mais tu ne veux pas acheter de tickets, insiste l'aîné.

— Il était grand ? demande le jeune. J'ai vu un type grand ici la semaine dernière. Il venait de bouffer chez McDo.

D'un geste de la tête, il indique le restaurant McDonald's.

— Il était accompagné d'une petite fille ? demande Kouplan.

— Oui, c'est ce que je dis.

L'aîné regarde son collègue.

— Qu'est-ce que tu foutais ici un lundi ?

Le jeune hausse les épaules. Un peu plus loin, deux policiers approchent.

— Elle portait un blouson corail ? ajoute rapidement Kouplan.

Le jeune fronce les sourcils, songeur.

— Possible.

104

Kouplan fait tout son possible pour maîtriser les battements son cœur, mais les deux policiers approchent, et quelqu'un a vu Julia.

— Il avait un gros nez ?

L'aîné recule, se fond dans le décor en brandissant sa pancarte sous le nez d'acheteurs éventuels, et les policiers les dépassent à grands pas pour rejoindre trois jeunes coqs vêtus d'écharpes bariolées. Kouplan pense à des lions et des zèbres. Les lions ne chassent pas quand ils ont la panse remplie.

— Ben, pas énorme, poursuit le jeune. Je veux dire, pas gigantesque, pas comme ça, sinon, il serait tombé en avant. Mais il n'était pas tout petit non plus. Et la fillette… Je crois qu'elle pleurait. Il la portait.

— Ils sont allés où ?

L'aîné crie quelque chose au jeune sur un ton intransigeant. Kouplan ne comprend pas. Le jeune jette un coup d'œil aux alentours et déplie sa pancarte. Il est temps de laisser ces vendeurs louches à leurs affaires. Mais d'abord, le jeune lui indique une direction.

— Vers Skärmarbrink.

14

En fait, c'est une chambre assez ordinaire : une commode, deux chaises et une petite table. Un lit. Première bizarrerie : ce n'est pas la sienne. L'homme qui affirme être son « vrai papa » prétend que si, mais il ment. Dans la sienne à elle, il y a des nounours et des Lego. Jamais elle n'appellera cet endroit « ma chambre ». Jamais elle n'appellera l'homme son « vrai papa ».

Deuxième bizarrerie : la porte est verrouillée de l'extérieur. C'est la première fois que la fillette est enfermée, sauf dans une salle de bains. Sinon, dès que l'homme s'absenterait, par exemple pour aller aux toilettes, elle ouvrirait la porte et courrait retrouver sa maman. Quand elle ferme les yeux, elle a l'impression de savoir dans quelle direction elle irait. Elle est sûre qu'elle serait capable de parcourir une centaine de rues, même en côte, et que ses jambes ne se fatigueraient pas. Elle comprend que la pièce est fermée pour l'en empêcher, justement.

Elle est assez sûre que l'homme n'est pas son vrai papa. Elle l'a peut-être cru un peu au début, mais seulement parce qu'il la regardait dans les yeux et que c'est un adulte. Qu'y a-t-il de plus vrai, sur le moment, qu'un adulte qui vous regarde dans les yeux ?

Pourquoi l'avoir suivi ? Elle se trouve tellement idiote qu'elle en mériterait presque d'être enfermée. Il a suffi à l'homme d'un geste et de quelques mots pour la convaincre de ne pas crier. Et elle n'a toujours pas crié.

Quand il est l'heure de dormir, elle pense à sa vraie chambre, à ses nounours et à ses Lego, aux bisous de sa maman. Il ne faut pas les oublier.

15

Kouplan quitte le Globe à une vitesse modérée. Ses jambes voudraient accélérer, mais son cerveau les ralentit. Derrière lui, une vingtaine de mastodontes de la police surveillent encore la zone.

L'homme au grand nez qui portait une petite fille serait-il celui qu'on appelle MB ? Kouplan traverse le pont et longe les immeubles de Skärmarbrink. La fillette pleure, elle a peur, elle appelle peut-être sa maman. Si l'homme a prévu le coup, il l'aura endormie à l'aide d'un produit. S'il a agi spontanément, il aura posé sa grande main sur sa bouche pour l'empêcher de crier.

Le monde regorge d'hommes au grand nez et il faut garder un peu de recul. Un éventuel ravisseur, même correspondant à la description, n'est pas forcément le trafiquant d'êtres humains dont parlent les colocataires de Rachid. Il peut exister deux hommes au grand nez qui auraient, à un moment ou à un autre, porté des fillettes à travers les rues de Stockholm.

En arrivant au métro, Kouplan se met à nouveau dans la peau de MB. Tenant une fillette éplorée sur son épaule, il peine à sortir son titre de transport et à passer le portillon. Il doit poser l'enfant à terre et prendre le risque qu'elle s'échappe. Sauf s'il demande au guichetier de lui ouvrir le grand portillon.

Le guichetier, atteint de psoriasis, cligne de ses yeux en épingle avant de réagir à sa question.

— Avant-hier ? demande-t-il.

— Non, lundi dernier. Vous travailliez ?

La réponse est d'une lenteur insoutenable.

— Mouais… Nian… Bof… Non, je ne travaillais pas ce jour-là.

— Et vous savez qui était de service ?

L'homme cligne à nouveau.

— Oui. Mais je ne vous le dirai pas.

— Ah bon ?

— Non, parce que je n'y suis pas autorisé.

Kouplan et l'homme se dévisagent quelques secondes. Ils sont dans l'impasse.

— Mais est-ce que vous êtes autorisé à appeler cette personne ?

— Possible.

Kouplan lui sert une histoire compliquée : un mec accompagné d'un enfant a perdu son sac à dos, que Kouplan a trouvé mais que, pour diverses raisons, il a laissé chez lui. L'homme aux yeux en épingle pourrait lui demander pourquoi il ne l'a pas déposé au service des objets trouvés. Il soupire ostensiblement et lui tend un Post-it vierge à travers le guichet.

— Notez votre numéro. On verra bien si elle a envie de vous parler.

Le suédois est la quatrième langue de Kouplan. Il l'a apprise presque entièrement seul, en revoyant des

110

dizaines de fois les mêmes films et en relisant des centaines de fois les mêmes livres, mais il ne la connaîtra
jamais aussi bien que sa langue maternelle. Cependant,
dès sa première année dans le pays, il a compris qu'en
suédois « on verra » signifie en réalité « non ». Le
guichetier ne préviendra vraisemblablement pas sa
collègue, qui ne rappellera certainement pas Kouplan.
Il note quand même son numéro sur le Post-it. Sa
tactique : répandre des questions aux quatre coins du
Globe, de Gullmarsplan et de Skärmarbrink, comme
les tortues pondent leurs œufs, c'est-à-dire en espérant
que l'un d'entre eux survivra.

Vingt minutes plus tard, son téléphone bourdonne,
indiquant un appel d'un numéro inconnu. Le guichetier ? Le patron du kiosque à la sortie du métro ? La
jeune fille du Subway ?… Non, Rachid, qui dit avoir
beaucoup pensé à Kouplan.

— Ça m'a tellement étonné de te voir au kebab…
Je n'ai pas osé te poser la question.

Kouplan devine l'objet de ses interrogations, mais
n'a pas envie d'en parler.

— Quelle question ? réplique-t-il sèchement. Il n'y
a rien à expliquer.

— Non, non, bien sûr, mais… Enfin, bon… Ça va ?
Rachid, attentionné.

— Pas trop mal, répond Kouplan. Je suis sur un
truc qui me permet de gagner un peu d'argent. Rien
de criminel, ajoute-t-il, imaginant l'expression soulagée de Rachid. Et toi ? La famille va bien ?

Il se mord la langue. En fait, il ne veut pas savoir
comment va la famille de Rachid.

— Mal, répond celui-ci. Vraiment mal.

— Désolé.

Rachid étouffe un soupir, Kouplan se demande qui lui a prêté un téléphone.

— Pourquoi tu cherches…, reprend Rachid après un moment. C'est en rapport avec l'argent ?

Kouplan décèle l'omission.

— Oui. Et avec ce que je cherche.

— Ah, oui, je comprends. On préfère ne pas y penser, on préfère ne pas se soucier des autres, et puis quand on le fait…

— Oui.

— Je les ai questionnés encore un peu. Bientôt, ils vont croire que je m'intéresse aux petites filles.

La censure semble abolie. Kouplan attend. Rachid reprend.

— Personne ne sait où elle est. Ni où se planque le type. C'est intéressant, les commérages. Mes questions font l'aller et retour, puis me reviennent. Elle a environ sept ans, l'âge d'aller à l'école. Blonde. Je crois… Ça me retourne l'estomac, Nes… Kouplan… Je crois qu'en fait, tout ce qu'ils me racontent, c'est de la pub.

Kouplan pourrait aussi en avoir l'estomac retourné mais il garde ses distances.

— Donc, elle aurait dans les six ans, raisonne-t-il. Si on lui donne environ sept ans, c'est possible.

— Fais attention à toi, conseille Rachid. Ce n'est pas un boy-scout, ce mec. Et s'il nous arrive quelque chose, nous n'avons aucun recours, tu vois ce que je veux dire ?

— Parfaitement. Merci, Rachid.

Kouplan n'aurait jamais rencontré Rachid si leurs demandes n'avaient pas été rejetées. En d'autres circonstances, ils auraient chacun eu leur propre abonnement téléphonique. Ils auraient parsemé la conversation de blagues et se seraient fréquentés normalement. La femme et les enfants de Rachid auraient eu pour seul souci l'obscurité du mois d'octobre. Kouplan voudrait insuffler un peu d'optimisme à Rachid.

— Tant qu'il y a de la vie, il y a de l'espoir, dit-il. Tout vient à point à qui sait attendre.

Tout ce qu'il a trouvé, ce sont des proverbes creux qui en disent aussi long sur leur désespoir que sur leurs espoirs éventuels. Rachid lui donne la même réponse que le ferait n'importe quel gars du kebab.

— *Inch'Allah.*

La police ne monte jamais dans le bus. Vraiment jamais. Voilà pourquoi Kouplan se permet d'aller le cœur léger chez Pernilla au lieu de lui passer un simple coup de fil. En contemplant le paysage par la vitre, il songe que son immeuble aux balcons verts n'intéresserait pas la police de toute façon.

Cependant depuis quelques jours, quelque chose le tracasse. Il s'agit de Pernilla, sa réaction de mère éplorée d'une enfant disparue n'est pas tout à fait nette. Kouplan connaît les différents stades de la détresse : état de choc, déni, supplication, peur, colère, désespoir, reconnaissance et acceptation – non parce qu'il les a étudiés, mais parce qu'il les a vécus avec ses proches. D'après son diagnostic, Pernilla est encore en état de choc et, simultanément, sous l'emprise du déni et de la peur. Et d'un je-ne-sais-quoi d'insaisissable qui ne colle pas. Ce jour-là, elle a lavé les carreaux.

— J'essaie de penser à autre chose de temps en temps, dit-elle. C'est plus facile en s'occupant les mains. Sinon, je ressasse.

Après la disparition du frère de Kouplan, sa mère a été prise d'une frénésie pâtissière. « Il faut faire sortir la folie par ses mains, répétait-elle, sinon, elle reste dans la tête. » Ils ont mangé ses gâteaux pendant plusieurs semaines. Kouplan se souvient encore du goût doux-amer de l'absence de son frère. En toute logique, il devrait reconnaître le désespoir quand il l'a sous les yeux.

— C'est bien, assure-t-il, les yeux rivés sur la raclette en caoutchouc que tient Pernilla. Il faut extérioriser d'une manière ou d'une autre.

Pernilla saisit le sous-entendu.

— Vous voulez dire au lieu de me taillader le bras.

Kouplan rougit, mais il serait vain de se défendre.

— Oui, répond-il. Dites-moi, Julia… Est-ce qu'elle est grande pour son âge ? Je veux dire… On pourrait la prendre pour une enfant de sept ans ?

Quelque chose change dans le regard de Pernilla. Kouplan aurait préféré la laisser laver ses carreaux pour oublier au lieu de devoir la questionner sur Julia. La lèvre supérieure de Pernilla se tord, rappelant à Kouplan ce qu'on ressent quand, enfant, on perd son nounours.

— Oui, dit-elle dans un souffle. Oui, on pourrait lui donner plus que son âge. Pas neuf ou dix ans, mais sept, sûrement. Pourquoi cette question ?

— Comme je n'ai pas de photo, si quelqu'un indique avoir vu une fillette d'environ sept ans…

— Quelqu'un l'a vue ?

Son regard devient fébrile, enragé, fou. Elle a le droit de savoir.

— Non, répond-il.

Elle se calme. En réalité, ce n'est pas un mensonge. Ni Rachid ni ses colocataires n'ont vu la fillette.

— Et puis elle est blonde et vous ressemble, ajoute Kouplan. À part ça, de quoi elle a l'air ?

Pernilla pousse un soupir.

— Vous avez faim ?

Chaque soir, le soleil se couche trois minutes plus tôt que la veille. Il fait déjà nuit quand Kouplan monte dans le bus, l'estomac plein de boulettes de viande. Il songe que ces trois minutes ne sont jamais aussi tangibles qu'en octobre : jeans refroidis, écharpes, œillères – car les gens qui ont froid n'ont pas le temps de regarder autour d'eux. C'est d'ailleurs une forme de protection.

Dans son cahier, il a noté des éléments d'information sur la physionomie de Julia. D'abord, Pernilla n'a rien trouvé à lui dire, mais après l'avoir harassée de questions, il a obtenu un signalement passable. *Cheveux blonds, visage et corps minces. Un mètre vingt-huit, pas de marques de naissance. Lèvres fines (plus fines que celles de Pernilla).* Kouplan a également griffonné les coordonnées de l'homme qu'il doit rencontrer le lendemain et dont il n'a pas parlé à Pernilla.

Il pourrait vraiment se passer de ces trois minutes d'obscurité en plus. Elles lui rongent l'âme, le tirent vers le fond du néant dans lequel il vit depuis trop longtemps. Pernilla lave des carreaux pour ne plus penser à Julia, pour éviter de devenir folle. Kouplan cherche Julia pour empêcher l'obscurité d'envahir son être.

Les boulettes étaient au poulet. Souriante, elle lui a montré la liste des ingrédients.

— Celles que j'achetais avant contenaient du porc, a-t-elle expliqué en vidant le sac dans la poêle, comme s'il était parfaitement naturel de choisir ses boulettes de viande en fonction des habitudes alimentaires d'un détective privé.

D'ailleurs, songe-t-il, Pernilla l'a nourri à chacun de leurs rendez-vous. Sans exception.

Si le lendemain, on lui proposait du porc, comment devrait-il réagir ? Il quitte la ligne bleue du métro et rentre à pas rapides chez Regina. Si on l'invite à manger de la saucisse, pourra-t-il refuser ? Il se demande ce qu'un pasteur suédois peut bien penser des musulmans. Sans doute la même chose que la plupart des gens, malheureusement.

Lorsqu'il enfonce sa clé dans la serrure, il a déjà résolu le problème. Si le pasteur Tor l'invite à manger de la saucisse, il invoquera le prétexte le plus suédois qui soit : une allergie.

16

Tor habite une maison en bois entourée d'un jardin clôturé et d'une grille en fer forgé. Sur la pelouse ponctuée d'arbustes, Kouplan se surprend à chercher des yeux l'abri antiatomique qu'un Suédois doté de pareil terrain n'aurait pas manqué de faire construire à l'arrière de sa maison si la Suède avait été en guerre. Mais il ne voit que de gracieux et paisibles rosiers. Un objet en métal ayant, apparemment, vocation à cogner est fixé à la porte d'entrée – l'instrument porte sans doute un nom. Deux respirations rapides, et Kouplan frappe.

Les prêtres, toutes religions confondues, affectionnent décidément la barbe. La doctrine chrétienne ne donne aucune indication particulière à ce sujet, et son port répandu dans le clergé doit donc procéder d'une culture plus générale de la prêtrise : représentations de prophètes barbus, bonshommes sur des nuages… Tor respecte l'usage, son bouc bien taillé le désigne comme un être sympathique et profond, mais suffisamment pragmatique pour posséder une tondeuse. Ailleurs dans le monde, une simple moustache aurait rempli la même fonction.

— Bienvenue, lance-t-il. Entrez ! Entrez !

Si la visite de Kouplan le laisse perplexe ou le rend nerveux, il n'en montre rien. D'un geste, il indique à son invité où accrocher ses vêtements, non loin de deux tableaux représentant des élans, puis le conduit au salon meublé de canapés de cuir marron.

— Je n'ai pas très bien compris pourquoi vous vouliez me voir, poursuit Tor en servant d'office une tasse de thé à Kouplan. On vous a donné mes coordonnées à l'église Sofia, c'est bien ça ?

Kouplan acquiesce et sirote le thé brûlant.

— Je cherche quelqu'un qui connaîtrait Pernilla Svensson.

Tor aspire bruyamment une gorgée de thé. Ses yeux couleur d'acier croisent le regard de Kouplan.

— Malheureusement, je ne peux même pas vous dire si je l'ai rencontrée. Vous savez ce que signifie le secret confessionnel ?

— En fait, c'est elle qui m'a parlé de vous.

— J'avoue que je suis perdu... Si vous connaissez Pernilla, vous ne la cherchez pas, n'est-ce pas ?

Kouplan secoue la tête et tripote un petit gâteau jaune.

— Non, en effet. Je me pose juste quelques questions à son sujet. Elle m'a confié que vous étiez la seule personne qui l'avait acceptée « telle qu'elle était ».

Tor respire profondément, prend un gâteau et l'avale en une seule bouchée. La mastication l'empêche de parler pendant une bonne minute. Son bouc s'agite frénétiquement.

— Je ne suis pas autorisé à dévoiler des propos entendus dans l'exercice de ma charge, c'est stipulé

118

dans mon contrat. Mais plus généralement, je peux vous dire…

Kouplan tend l'oreille tout en essayant de ne pas paraître trop curieux. Dans la voix de Tor, il détecte une certaine réticence à partager ce type d'informations.

— Je peux vous certifier, insiste le pasteur, que durant mes entretiens avec les fidèles, j'essaie toujours de leur donner le sentiment d'être compris, même à ceux qui ont le plus de mal à se faire accepter par la communauté. Ou à être crus. Mais il y a plusieurs écoles de pensée à ce sujet, c'est très controversé. Comment aider au mieux une âme égarée ?

Il pénètre Kouplan de son regard métallique comme s'il exigeait une réponse, bien que sa question soit, pour tout dire, un peu vague.

— En essayant de la rediriger ? reprend Tor. Ou en lui tendant la main et en lui demandant à quoi aspire son âme ?

Kouplan en a le souffle coupé. Brusquement, il comprend ce que cherche à exprimer le prêtre. Quelle aide espère-t-il lui-même recevoir ? Quelque chose à l'intérieur de lui bouillonne, il n'est pas préparé à sa propre réaction, il la refoule, mais son corps l'a déjà trahi.

— En lui tendant la main, dit-il. C'est ce que vous avez fait avec Pernilla ?

Il n'aurait pas dû la nommer encore une fois. Sa question trop directe rappelle à Tor son engagement au secret, et le pasteur lui décoche ce fameux sourire bienveillant qu'on leur inculque sûrement au séminaire.

— Racontez-moi plutôt pourquoi vous êtes venu me trouver. Vos questionnements au sujet de Pernilla, ils viennent de l'intérieur ? Vous êtes en quête de quelque chose ?

Kouplan comprend que Tor ait inspiré confiance à Pernilla. Il imagine leurs conversations, les questions clairvoyantes et peut-être inquisitrices de Tor. Pour sa part, cependant, il n'a pas besoin de psychothérapie, du moins n'est-ce pas la raison de sa présence.

— C'est à cause de Julia, sa fille. Elle a disparu.

Le prêtre a un réflexe de surprise quasi imperceptible, Kouplan en est certain : une crispation fugace des mâchoires, une respiration légèrement plus rapide que les autres, puis, plus rien.

— Malheureusement, je ne suis pas autorisé à vous donner des renseignements sur un particulier.

Étrange réaction à la disparition d'un enfant... On se serait attendu à un : « Mon Dieu ! Elle a disparu ? », à un blêmissement, à des lamentations, à un coup de fil à la police. Mais la domination que le pasteur exerce sur son corps est manifestement très poussée, en tout cas lorsqu'il s'agit de propos soumis au secret confessionnel. Il pose sur Kouplan un regard plein de compassion et s'excuse plusieurs fois de ne rien pouvoir lui dire. « Une, deux, trois », cliquette le cerveau du détective. *Hypothèse n° 1 : les Suédois ne réagissent pas à la disparition d'un enfant. Hypothèse n° 2 : Tor n'est pas surpris parce qu'il détient certaines informations sur Pernilla. Hypothèse n° 3 : Tor sait ce qui est arrivé.*

Jusqu'ici, les méthodes d'investigation de Kouplan se sont révélées parfaitement inopérantes. Il a jeté

120

un coup d'œil chez Patrik depuis son hall d'entrée et aperçu une statue et un vase. Il a médité sur le décolleté d'une bibliothécaire. Non, décidément, il faut qu'il se montre plus intelligent... Il EST plus intelligent que ça.

— C'est la première fois que je suis chez un pasteur, dit-il avec son sourire le plus charmant.

Tor étouffe un rire.

— Dans ce cas, j'espère que mon humble demeure ne vous déçoit pas.

Quoi que puisse signifier « humble demeure », le sujet ne semble pas incommoder l'homme au bouc. Ou alors il le cache bien.

— En fait, je ne suis jamais entré dans une maison aussi grande en Suède, ajoute Kouplan. Nous n'avons habité que dans des appartements.

Tor mord à l'hameçon. Ou alors il comprend qu'il serait suspect de ne pas le faire. Piste n° 1, piste n° 2.

— Je vous emmène faire le tour du propriétaire ?

Kouplan et le prêtre visitent une cuisine au mobilier de pin, une chambre à coucher agrémentée de portraits d'élans, une salle de bains équipée d'un rideau de douche au motif de papillons et s'arrêtent devant un escalier en colimaçon qui monte à l'étage. Pendant ce temps, Tor demande à Kouplan d'où il vient et celui-ci s'invente une nationalité afghane – au cas où on essaierait de soutirer des renseignements à Tor. Ni le sourire bienveillant ni le regard d'acier du prêtre ne lui inspirent confiance.

— Cette porte mène au garde-manger et celle-là, à la cave, indique Tor.

Kouplan secoue une des poignées, surtout pour observer la réaction de Tor, et ne découvre que des rangées de bocaux de confiture et un gros sac de patates. L'autre porte est verrouillée.

— Nous la fermons toujours à clé. Ici, vous avez les W.-C. des invités. À l'étage, il n'y a que les anciennes chambres des enfants.

Au moment de se quitter, Tor prend les mains de Kouplan dans les siennes, sans les secouer, il ne fait que les tenir religieusement.

— Bon courage, dit-il du fond du cœur. Pernilla a de la chance de vous avoir.

Après un silence théâtral, il ajoute :

— Aidez-la.

« Aidez-la » ? Pendant que Kouplan traverse le jardin et franchit la grille en fer forgé, son esprit tisse une multitude de fils à travers leur conversation, qui a duré une bonne heure. Il dissèque, médite les bizarreries, tente d'analyser la psychologie de quelqu'un qui se fierait à Tor – ou non. Comment s'élever au-dessus de tout soupçon ? se demande-t-il en passant devant chez les voisins de Tor. Il tourne à droite, puis encore à droite. Eh bien, on exhorte le détective à aider la victime, on prend ses mains dans les siennes, on lui propose de faire le tour de sa maison et on invoque le secret confessionnel, se dit Kouplan en glissant son maigre corps entre un rosier et un tronçon de barrière. Les chambres d'enfant sont plongées dans le noir, mais la lumière est encore allumée au rez-de-chaussée, ce qui rend la nuit encore plus dense pour celui qui se trouve pris à l'intérieur. Kouplan se faufile le long des

122

buissons en essayant de ne pas penser à un éventuel dispositif de sécurité : projecteurs aveuglants, alarme assourdissante. D'ailleurs, Tor ne s'est même pas donné la peine d'installer une porte blindée.

Lorsque Kouplan arrive au soupirail, il regorge d'adrénaline. Ses petits coups sur la vitre parviendront-ils aux oreilles du pasteur ? Il garde les yeux rivés sur l'obscurité derrière la vitre sale. Si le visage blanc d'une petite fille apparaissait, si sa bouche s'ouvrait pour laisser échapper un cri, que ferait-il ?

Mais aucun visage ne surgit dans le noir. Kouplan n'est rien qu'un type en jean sale dans un jardin qui ne lui appartient pas, un jeune homme à côté de la plaque, étalé sur le sol, en train de scruter des vieux pots de peinture et des chaises cassées. Il s'éloigne en rampant, plus gêné qu'effrayé, et brosse ses habits une fois sur le trottoir.

Le chauffeur de bus lui lance un coup d'œil suspect. L'adrénaline martèle à nouveau dans les tempes de Kouplan – pourquoi ce regard ? La police des frontières s'est-elle infiltrée dans le bus ? Le chauffeur agit-il sous couvert ? Est-ce un policier en civil ? À mi-chemin, Kouplan remarque qu'il a des feuilles mortes brunies dans les cheveux.

Le soir est tombé depuis longtemps quand son téléphone sonne. Kouplan a mangé de la semoule et des nuggets de poulet à dix couronnes le sac chez Lidl. Il a fait des recherches Google sur « MB », « sexe payant », « enfants », « femmes », « putes » et « pas cher ». Cette pourriture doit bien être quelque part... Il pense à Pernilla, à Tor, à ce qu'ils lui cachent tous les deux, aux plats qu'il mitonnerait s'il n'était pas obligé de partager le réfrigérateur avec Regina et les enfants. Il décroche. À l'autre bout du fil, une certaine Melinda lui explique la raison de son appel.

— Kalle m'a dit que vous vouliez me parler.

Kouplan garde le silence, il tente de se rappeler ce qu'il aurait pu vouloir dire à une dénommée Melinda. Et qui est Kalle.

— Je travaille au guichet. Allô ?

Aussitôt, le prénom de « Melinda » tinte comme un carillon des anges dans ses oreilles. Merci, Melinda, de m'avoir laissé ces quelques secondes pour réfléchir. Merci d'avoir ramassé le bout de papier froissé sur lequel Kalle avait noté mon numéro de téléphone et merci de l'avoir composé. Merci de te rappeler l'homme baraqué qui a franchi le portillon en portant une petite fille dans les bras, il y a plus d'une semaine de cela.

Et sa destination.

17

L'homme baraqué accompagné d'une fillette et éventuellement pourvu d'un gros nez se rendait à Hökarängen. Enfin, soit lui, soit le mec avec un gros violoncelle. En tout cas, l'un d'entre eux allait à Hökarängen. Melinda croit qu'il s'agit de l'homme avec la fillette. Elle sanglotait et son père peinait à la consoler, il a eu du mal à payer son billet et à leur faire franchir le portillon. « Comme s'il n'en avait pas l'habitude », note Kouplan en inspectant la station de métro de Hökarängen.

Des centaines de banlieusards se rendent à leur travail. Kouplan affiche juste ce qu'il faut de stress pour se fondre dans la masse. Sur le quai, il compte cinq hommes seuls assez volumineux pour qu'on puisse les qualifier de baraqués.

À la place du ravisseur, Kouplan n'aurait pas pris le métro. S'il venait de kidnapper une enfant inconnue, il aurait fait en sorte qu'une voiture l'attende à proximité. Cela dit, Kouplan n'a pas de voiture. MB n'en avait peut-être pas non plus ce jour-là, même si un salaud qui se consacre, comme lui, à l'industrie du sexe doit gagner un paquet de fric.

Sauf si Julia l'a suivi de son plein gré. Dans ce cas, le choix du métro semble déjà plus logique. Mais pourquoi une fillette suivrait volontairement un inconnu ?

À l'entrée du métro de Hökarängen il y a une boîte aux lettres et un kiosque. Kouplan est déjà habitué au genre de réaction que lui réserve le vendeur. On n'en parle pas assez quand on décrit le quotidien des détectives privés, ce regard qui semble dire : « Qu'est-ce qu'il me veut, cet idiot ? »

— Heu, non… Enfin, si, de vue, je connais une centaine de personnes qui prennent le métro avec des enfants. Après, je les oublie, et il en arrive de nouveaux.

— Lui, vous vous en souvenez peut-être. Un peu *speed*, vous voyez, un peu *strange*, le genre louche. Baraqué avec un gros nez… D'habitude, il n'est pas accompagné d'un enfant, mais ce jour-là, si.

Le jeune homme le toise à nouveau, d'un regard dorénavant teinté de soupçon.

— Et vous lui voulez quoi ?

— Vous savez de qui il s'agit ?

— Aucune idée.

Au supermarché du coin, à cette heure matinale, quelques clients suffisent à produire la cohue dans les allées étroites. Un panneau indique qu'on vient d'agrandir – difficile d'imaginer l'exiguïté des lieux avant les travaux. Un jeune homme, sans doute un lycéen, transfère des conserves de tomates d'une palette à un rayonnage.

— Louche… Vous voulez dire alcoolo ?

126

— Heu… Plutôt comme un gangster, un peu mafieux, vous voyez ?

— Avec des tatouages ?

— Non, répond Kouplan au petit bonheur la chance. Juste un mec baraqué qui fait un peu peur. Le genre qu'on préfère ne pas croiser dans un couloir de métro désert, la nuit.

— Assez imposant ?

— Désolé, aucune idée. Je sais seulement qu'il est baraqué.

Le gamin le regarde d'un air sceptique.

— Ce serait plus facile si vous saviez qui vous cherchez.

Il n'a pas tort. Kouplan interroge tout de même la caissière.

— Vous comprenez, tout le monde a des enfants, ici, explique-t-elle. Et quand je dis « tout le monde », je n'exagère pas.

— Mais cet homme n'en avait pas et, tout d'un coup, il en a une.

— D'accord. Bon, ben, je ne sais pas. Mais si je vois quelqu'un qui correspond à la description, je le saluerai de votre part.

Le sang de Kouplan se glace. Une fois qu'il a fait jurer solennellement aux deux employés du super-marché qu'ils ne parleront pas de lui à l'homme au grand nez, sans tatouages, peut-être imposant et certainement baraqué, il peut enfin reprendre sa respiration et son enquête de voisinage. À la pharmacie, on n'a pas vendu de produits pour enfants à des messieurs louches accompagnés de fillettes apeurées âgées d'environ six ans. À la boutique de prêt-à-porter, on n'a pas écoulé de blousons taille enfant. À la quincaillerie, le patron connaît sur le bout des doigts les propriétés de seize sortes d'ampoules, mais on ne lui a demandé aucun article qui aurait pu servir, par exemple, à équiper une chambre souterraine secrète. Bref, l'homme qui se rendait à Hökarängen n'a laissé aucune trace de son passage à Hökarängen.

Sur un banc glacial, deux individus que la vie n'a pas épargnés consomment chacun une bière forte Pripps. En réponse à la question de Kouplan, ils énumèrent promptement les grands gaillards Lasse, Tompa, Kjelle et Berra, tous gratifiés de l'adjonction : « Nan mais lui, c'est un mec super sympa, y a pas plus gentil. »

— Tu lui as acheté quelque chose ?

Kouplan met un moment à comprendre.

— Acheté ? Comment ça, acheté ?

— Ah… Peut-être que tu vends… Quelqu'un te doit du pèze ?

La lumière se fait. Kouplan secoue la tête.

— Non, non, je ne trempe pas dans ce genre de truc.

Les yeux plissés, le deuxième homme le scrute.

— T'es kurde ?

— Non.

— Ah… Parce que ma sœur s'est mariée avec un Kurde.

— Ah bon.

— Il pète plus haut que son cul, celui-là. Il ferait mieux de se montrer reconnaissant qu'on l'accueille chez nous. C'est grâce à nos impôts que les gens comme vous ont de quoi vivre, mais il n'y pense pas trop, on dirait. Il ne me laisse même pas voir mes neveux.

Kouplan ne le questionne pas sur le montant de ses derniers impôts ni sur la somme qu'il a dépensée le dernier mois en boissons alcoolisées. Un détective, tout comme un journaliste, n'agace son interlocuteur que lorsque c'est absolument nécessaire. Kouplan leur donne son numéro de téléphone, au cas où ils apprendraient quelque chose susceptible de l'intéresser. Puis il quitte Hökarängen.

Un détective, tout comme un journaliste, sait pertinemment qu'il faut creuser là où ça fait mal. Pour Kouplan, cela consiste à interroger Pernilla. Implacablement. Il note ses questions dans l'ordre d'importance, mais le moment venu, il ne les pose pas, car elle pleure.

— Elle est morte, sanglote-t-elle en le laissant entrer.

Ses joues rouges brillent, baignées de larmes. La première idée qui traverse l'esprit de Kouplan, c'est qu'on a retrouvé le corps de Julia. Mais comment Pernilla pourrait-elle le savoir, puisqu'elle n'a pas... Kouplan la serre dans ses bras. Elle s'affaisse contre lui et renifle dans le creux de son cou, son corps souple se love contre celui, fluet, de Kouplan.

— Elle est morte, répète-t-elle. Je le sens.

Une mère sait ce genre de chose. Kouplan l'a vu, enfin, il le croit ou, disons, il l'espère. Car sa propre mère sent depuis longtemps que son frère est toujours en vie. Pernilla hoquette de plus en plus violemment, elle finit par hyperventiler. Il l'assoit sur le canapé.

129

S'il la connaissait mieux, il lui mettrait une gifle, mais cela pourrait lui valoir une plainte pour coups et blessures, alors il dit « hé ».

— Hé ! Pernilla ! Hé !

Elle se fige et le dévisage comme si elle venait de remarquer sa présence.

— Respire ! lui ordonne-t-il. Inspire… Voilà… Expire. Regarde-moi. Pourquoi est-ce que tu crois ça ?

Petit à petit, Pernilla se détend et reprend son souffle.

— J'en ai l'impression. Je me disais que deux semaines sont passées, qu'on est vendredi et qu'elle et moi, aujourd'hui, on aurait regardé *Gladiators*. Et que… deux semaines, c'est… que c'est…

Kouplan avale sa salive. Il y a pensé, lui aussi. Difficile de reprendre la jeune femme dans ses bras sans que cela paraisse inopportun. Il lui caresse l'épaule, mais sa main lui semble dérisoire en contraste avec la détresse de Pernilla.

— Aucun enfant n'a été retrouvé, assure-t-il. On l'aurait annoncé au journal télévisé. – Pernilla se tait. – Tu as trop réfléchi.

Il se demande s'il est sage de lui redonner espoir, pourtant il se sent incapable de ne pas la consoler.

— C'était de l'inquiétude, ou tu as vraiment senti qu'elle était morte ?

Un frisson parcourt Pernilla, Kouplan la sent trembler sous sa paume.

— Non, répond-elle d'une voix faible, ce n'est pas ce que j'ai senti au début. Je veux dire que « morte » n'est pas le premier mot qui m'est venu à l'esprit. Mais quelque chose en moi me conseillait de la laisser partir.

Kouplan étudie la douce créature blottie sur les coussins terre de Sienne. Ce n'est pas le moment de lui assener ses questions, ni la numéro un ni la numéro deux, pas tant que des larmes restent accrochées à ses cils. En revanche, la troisième, il doit la lui poser.

— Quand tu étais petite, il t'est arrivé quelque chose ?

Elle fixe les murs et le téléviseur éteint comme s'ils allaient l'aider à formuler ses pensées. Kouplan attend. Finalement, Pernilla tourne la tête vers lui.

— Hmm… Oui.

Elle n'ajoute rien de plus, pourtant Kouplan accueille sa réponse comme un aveu. Il se sent libéré d'un poids, comme si, grâce à une simple question, il avait localisé un nœud de culpabilité. Pernilla lui apparaît soudain dépouillée de tout artifice, aussi nue qu'un nouveau-né.

— Je ne suis pas psy, reprend Kouplan, mais ma mère, oui. – C'est la première fois qu'il mentionne sa famille. Pernilla se demandait, bêtement, s'il en avait une. – D'après elle, quand on baisse les bras, c'est parce qu'on croit ne pas mériter ce à quoi on aspire. Et si on croit ça, c'est parce qu'il nous est arrivé quelque chose. Longtemps auparavant.

Leurs regards se rencontrent, les yeux bleus de Pernilla, les yeux bruns de Kouplan, ses longs cils noirs – une touche féminine. Les blonds n'en ont pas d'aussi courbés. Seul Kouplan est capable de soutenir le regard de Pernilla sans ciller.

— Alors je croirais ne pas mériter Julia ? demande Pernilla en sentant les mots lui brûler la gorge. Ma propre fille ?

— Je ne suis pas psy, répète Kouplan.

Pernilla l'observe en soufflant de rage. Pas une seule molécule de son corps n'est prête à laisser partir Julia.

— Non, vraiment pas.

— Pardon.

Pardon, cela signifie qu'on admet avoir eu tort : Kouplan perd et Pernilla gagne. Sans quitter des yeux le garçon qui devrait chercher Julia au lieu d'être assis là, Pernilla se complaît un moment dans la sensation de la victoire.

— Et en tant que détective, tu ne fais pas des merveilles non plus.

Un mot lui traverse l'esprit : injustice. Il l'observe longuement. Que cache ce regard obscur ? L'a-t-elle mis en colère ? Ce serait logique, mais il ne bronche pas.

— Justement, j'ai quelques questions qui devraient m'aider à devenir un meilleur détective.

Il sort son ridicule cahier.

— Premièrement, lâche-t-il avec la dureté d'un employé des services sociaux, que s'est-il passé l'année qui a précédé la naissance de Julia ?

En fait, voici ce qu'il lit sur sa page :

پـدر ایـن کـودک کیسـت ؟

« Qui est le père de l'enfant ? »

Mais même Kouplan comprend qu'une pareille question doit être posée avec tact. Il adoucit la voix.

— J'ai besoin de savoir qui tu as fréquenté, si quelqu'un a été particulièrement bienveillant avec toi, ou vice versa.

— Pourquoi ?

— J'aimerais comprendre les tenants et les aboutissants de l'affaire. Tu m'as confié avoir été psychologiquement fragile quand tu étais enceinte. Et juste avant, tu allais comment ?

La réaction est immédiate. Le visage de Pernilla se verrouille. Mauvaise question. Ou très bonne, justement.

— Je t'ai engagé pour chercher Julia, pas pour me terroriser dans mon propre salon.

Elle se lève vivement, manquant de renverser son verre d'eau. Kouplan songe à un proverbe sur la vérité qui blesse. Il ne faut pas retourner le couteau dans la plaie, dit-on aussi, mais Kouplan suit Pernilla à la cuisine.

— J'essaie de la retrouver, tu m'entends ? Alors réponds à mes questions. Tu ne crois tout de même pas que je vais te dénoncer à la police ? Regarde-moi.

Il insiste jusqu'à ce qu'elle obéisse.

— Regarde-moi ! Je ne suis personne.

Même si chez Pernilla, il a l'impression d'être quelqu'un, la triste vérité qu'il vient d'énoncer n'est pas inoffensive. Pernilla, grimaçante, s'appuie contre un placard.

— Avant, j'allais bien. Je n'étais pas à l'hôpital psychiatrique, si c'est ça que tu veux savoir.

— Je ne veux rien savoir en particulier. Vous alliez à l'église ?

— Julia et moi ?

— Patrik et toi. Avant la naissance de Julia. Vous alliez à l'église Sofia ?

Elle secoue faiblement la tête.

— Pas Patrik.

133

C'est ce que Kouplan soupçonnait, mais il doit éviter de s'enliser dans la piste.

— Est-ce que tu allais ailleurs toute seule ? est-ce que tu voyais quelqu'un d'autre… sans Patrik ?

Pernilla est sur le point de répondre, puis se ravise et dévisage Kouplan.

— Tu veux savoir si j'ai couché avec quelqu'un d'autre ? Hein ? C'est ça ?

Il soupire. Soudain, il se souvient des paroles de Patrik : « malade mentale ». Quand elle s'y met, Pernilla doit être querelleuse. Il adoucit la voix dans l'espoir de la calmer.

— J'essaie simplement de découvrir la vérité.

Pernilla, essoufflée, paraît exténuée. Elle rassemble ses forces pour franchir les trois pas qui la séparent du garde-manger.

— Je suis vraiment crevée, dit-elle. Tu bois du vin ?

Les *Gladiators*, peinturlurés et huilés, sont appelés dans l'arène par le présentateur : *Wolf, Hero, Bullet…* Kouplan laisse glisser une gorgée de vin le long de son gosier. Lui aussi s'est rebaptisé. Il aurait pu choisir quelque chose de plus cool : *Zap, Fire* ou un truc suédois comme *Håg*. Enfin, est-ce que ça fait cool en suédois, *Håg* ? Il est mal placé pour le savoir.

— Est-ce qu'un gladiateur pourrait s'appeler *Håg* ? demande-t-il à Pernilla, qui lui adresse alors sa seule œillade amusée de la soirée.

— *Håg* ?

— Oui.

Il reprend une gorgée de vin, tend ses muscles et rugit de sa voix la plus féroce :

— *HÅÅÅG !*

Pernilla étouffe un gloussement. Elle a terminé son verre et s'est resservie. D'une bouteille, note Kouplan, pas d'un Bag-in-Box.

— Je ne sais même pas ce que ça signifie, *håg*, avoue-t-elle.

Pernilla aimerait pouvoir répondre aux questions de Kouplan, mais elle est victime d'un blocage. Comme face à quelqu'un d'aimable et, en même temps, d'un peu méchant. Comme lorsqu'il faut outrepasser le mal pour distinguer le bien. En fait, elle ne veut pas savoir, tout son corps rejette l'éventualité. À la télévision, *Toro* le gladiateur jette une rose au public.

Kouplan réfléchit à ce que Pernilla lui a révélé sur Julia. Le vin ouvre de nouvelles portes dans son esprit. Et si, contrairement à ce que lui affirme Pernilla, Julia possédait un numéro d'identité ? Si elle était l'enfant de quelqu'un d'autre ? On peut s'arranger avec la vérité. Cela signifierait que Pernilla aurait elle-même kidnappé Julia quand elle était bébé. Kouplan a vu de ses propres yeux ses bavoirs dans la cuisine et sa tétine dans la salle de bains. Autre hypothèse : Pernilla s'est gardée de déclarer la naissance de Julia aux autorités pour dissimuler son existence à son père. Kouplan note l'idée dans son cahier, puis se concentre sur l'émission. Sur une plate-forme suspendue, un *Lynx* en tenue légère lutte sauvagement contre un adversaire un peu moins costaud.

— Je ne sais pas comment ils arrivent à garder leurs costumes, remarque Pernilla.

18

Lors d'une excursion à Skansen, Julia ne s'était montrée attirée ni par les ours ni par les élans, mais par les deux chevaux de Dalécarlie, l'un énorme et l'autre grand, qui se dressaient au milieu du parc. Skansen est un genre d'enclos protégé du monde extérieur, et nous avions pu nous y rendre dès le mois de mars, munies de galettes de pain de Hönö tartinées de beurre et de fromage.

Nous nous sommes assises sur les larges dos des deux chevaux de bois, entourées du décor sécurisant des maisons en rondins. Je me suis soudain rendu compte que toutes les deux nous parlions ensemble. Julia, qui allait avoir trois ans, ouvrit sa petite bouche.

— C'est un papa, a-t-elle dit en pointant du doigt.

Nous avons suivi des yeux le papa qui passait en conduisant tranquillement une poussette.

— Oui, ai-je répondu. Et regarde, là, un autre.

Juchées sur notre grand cheval, nous avons contemplé un moment les papas en promenade.

— Moi, je n'en ai pas, a constaté Julia.

Je me souviens du goût du fromage et du pain émiettés dans ma bouche. Je tenais Julia d'une main et, de l'autre, je dévissais le couvercle d'une thermos.

— Tu veux du chocolat chaud ?

Nous avons partagé une tasse de chocolat, comme nous le faisions toujours. J'entends encore sa réponse quand, avant notre départ, je lui avais demandé ce qu'elle voulait emporter comme casse-croûte.

— La même chose que toi.

Je crois qu'elle y puisait un réconfort pareil à celui que nous inspirait la clôture autour de nous.

— Et tu voudrais en avoir un ? lui ai-je demandé.

Elle a suivi des yeux un homme et ses enfants, avant de lever la tête vers moi.

— Non, ce serait trop de soucis.

Elle avait à peine trois ans, mais son expression était déjà d'une grande richesse, et elle ne se doutait pas à quel point elle avait raison.

— On est mieux comme ça, ai-je confirmé.

Ce n'est que bien plus tard que je lui ai dévoilé l'existence de Patrik, lui expliquant qu'il aurait pu être son papa, mais qu'il ne l'avait pas souhaité. C'était l'année dernière.

Julia ne voulait jamais aller dans la zone des tout-petits, Lill-Skansen. Tant mieux, car moi non plus.

— Trop de monde, disais-je. On risquerait de faire des rencontres bizarres.

Elle était d'accord avec moi. Nous restions surtout à l'écart des activités, le théâtre d'enfants, les classes en excursion qui l'effrayaient. Or le jour de cette conversation sur les papas, exceptionnellement, nous avons traversé la zone. À côté des chèvres, Julia a aperçu un écureuil. Je me suis arrêtée, prudente, elle, au contraire, s'est approchée hardiment. Si j'avais manifesté ma présence d'adulte ne serait-ce que d'un

138

battement de cils, l'animal aurait été se réfugier tout en haut d'un arbre, mais la présence de Julia lui semblait indifférente. Lorsqu'elle a tendu la main pour le caresser, j'ai eu peur – d'un écureuil. Il pouvait être atteint de la rage... J'ai dû bouger, car il a tressailli, puis bondi sur le sentier et grimpé à vive allure dans un sapin. Julia m'a jeté un regard plein de reproches.

— Je peux quand même jouer avec les écureuils.

Depuis ses tout premiers mots, elle avait toujours une façon singulière de s'exprimer. C'était une enfant singulière... C'EST une enfant singulière.

Est-ce la raison pour laquelle ils l'ont prise ? Ont-ils vu cette singularité au fond de ses yeux ? Je ne sais pas s'il faut l'espérer ou non. Quelque part au fond de moi, je préfère le croire.

Les enfants de moins de six ans entrent gratuitement à Skansen. L'été prochain, il aurait fallu lui acheter un ticket.

19

Il est en détention au poste. Ça sent la poussière, les produits nettoyants et le café. Il n'ose pas ouvrir les yeux. La cafetière des policiers ronfle et clapote. Est-il possible qu'elle se trouve si près de la cellule ? Une pierre lui écorche la joue, un caillou rond et lisse cousu dans le matelas. En fait, non, ce n'est pas une pierre. Et la cellule n'en est pas une. En ouvrant les yeux, Kouplan découvre un tissu terre de Sienne.

Les franges du plaid dont l'a recouvert Pernilla lui chatouillent le cou. Il tâtonne en dessous pour voir s'il est habillé. Oui. Il sent le goût âcre du vin incrusté dans sa langue, se retourne sur le dos et contemple le plafond.

— C'est idiot d'avoir ouvert cette deuxième bouteille, lance Pernilla sur le pas de la porte. Comment tu vas ?

Comment il va ? D'une part, il est profondément soulagé de ne pas se réveiller dans une cellule de détention. D'autre part, il se sent complètement à côté de la plaque.

— Ça va, dit-il en s'appuyant sur un coude. Quelle heure il est ?

9 h 30. Pernilla lui tend des tartines. L'estomac de Kouplan réagit immédiatement : ce n'est pas son petit déjeuner habituel de bouillie d'avoine. Le contre-coup du vin ? Peut-être aussi. Quoi qu'il en soit, ses papilles gustatives sont en liesse. Il sent l'odeur d'un bon fromage : du cheddar. Pernilla lui a préparé des tartines comme à un enfant. Il en a un pincement au cœur. Bientôt 10 heures et Julia est toujours perdue dans la nature.

Finalement, à quoi lui a servi tout le vin qu'il a bu la veille ? Kouplan mâche sa tartine en parcourant ses notes : des réflexions sur les motivations de Pernilla. *Qui est Julia ?* a-t-il écrit. Il est obligé de se torturer les méninges pour comprendre ce qu'il a voulu dire.

— Je vais refaire quelques tartines, tu pourras les emporter, reprend Pernilla.

Kouplan l'observe. Impossible que cette femme soit foncièrement mauvaise, songe-t-il – croit-il. Fuyante, oui. Elle cache quelque chose, une corde sensible, un souvenir pénible, une douleur. Mais quelqu'un qui prépare ainsi un casse-croûte à un visiteur ne peut pas être mauvais. Kouplan met sa première question de la veille entre parenthèses et se concentre sur la deuxième.

— Je t'ai demandé quelque chose hier, mais il me semble que tu n'as pas répondu. C'était au sujet de l'année précédant la naissance de Julia.

Pernilla ne se fâche pas. Elle a peut-être la cervelle aussi ramollie que la sienne.

— Qu'est-ce que tu veux savoir ?

— Qui tu fréquentais. Comment tu allais. Si tu as eu des liaisons.

Pernilla regarde au fond de sa tasse et soupire.

— Pas d'après mes souvenirs, je ne crois pas, mais…

— Quoi ?

Elle secoue la tête.

— Rien. Je ne vois rien de spécial. En plus, c'était avant la naissance de Julia. Elle n'existait même pas, à l'époque.

Kouplan la regarde avec intensité, elle le remarque, elle sait que son « mais… » n'est pas passé inaperçu. Malheureusement, elle ne connaît pas elle-même la suite de la phrase. Quelque chose lui échappe, elle s'en rend bien compte. Cela ressemble à une migraine qui réduirait son champ de vision. Il s'est produit quelque chose avant la naissance de Julia, quelque chose dont le souvenir la précipiterait dans un puits sans fond.

Kouplan mastique. Son corps mince a toujours faim. Pernilla emploie la même tactique que pour apaiser ses migraines : elle concentre son attention sur autre chose que ce qui saute aux yeux.

— Tu as dit que ta mère était psychologue.

Kouplan tressaille, sa main se fige en plein mouvement, interrompant la trajectoire de sa quatrième tartine.

— J'ai dit ça ? Oui, elle est diplômée de psychologie.

— Et ton père ?

— Professeur.

Il le lâche avec indifférence, comme si c'était à la portée de n'importe qui. Pernilla observe le nez légèrement courbé du fils de professeur et détecte quelque chose de cultivé dans ses sourcils noirs.

— Raconte-moi ta vie en…

Elle perd le fil. Lui a-t-elle seulement demandé d'où il venait ?

— En Iran, complète Kouplan.

Il boit une tasse de café en silence et la repose sur sa soucoupe.

— En Iran, je n'avais pas de vie. J'ai eu une enfance et une famille. Après, j'y ai passé du temps.

Pernilla écoute, tentant de comprendre la différence entre du temps et une vie. Elle a l'impression de connaître l'un, mais pas l'autre.

— Et puis je suis venu ici, et j'ai presque eu une vie, dans le sens où… Mais maintenant, j'y passe du temps.

Elle se demande ce qu'il a failli lui avouer, mais n'insiste pas. Elle le comprend en tout cas suffisamment pour compléter :

— Et tu aimerais avoir une vie.

— Et j'aimerais avoir une vie.

Leurs regards se croisent : une femme privée de son enfant et un homme privé de sa vie. Pernilla ouvrirait bien une bouteille de vin.

— Qu'est-ce que tu vas faire aujourd'hui ? lance-t-elle.

Kouplan lui expose son plan de travail : il va se rendre à Hökarängen, puis au Globe, puis passer quelques coups de fil. Pernilla se force à trouver cela bien, à croire qu'il suit des pistes. Elle lui demande comment s'est déroulée sa visite chez Tor.

— Ne flippe pas, s'il te plaît, lui répond Kouplan. Est-il possible que Tor soit le père de Julia ?

Pernilla pouffe de rire, elle en rirait aux larmes.

— Non, assure-t-elle en secouant la tête.

Tor n'est pas le père de Julia. Elle en est presque complètement sûre.

Alors que Kouplan est sur le point de partir, elle lui demande ce qu'elle peut faire. Jusqu'ici, elle a lavé les carreaux et la vaisselle, fait des exercices de respiration, caressé Janus, sangloté jusqu'aux hoquets et vomi dans les toilettes. Pourrait-elle se rendre plus utile ? En accompagnant Kouplan, par exemple ?

— Réfléchis, dit-il. Essaie de retrouver des photos de Julia et de te rappeler ce qui s'est passé avant sa naissance et quand elle était toute petite. Tu n'as qu'à noter ce qui te vient à l'esprit.

Il a un regard de professeur, un regard de psychologue évaluateur.

— Par exemple, lance-t-il, tu te souviens si lundi dernier…

Il ne dit pas « le jour où Julia a disparu ».

— Tu n'aurais pas aperçu un homme avec un grand nez, ce jour-là ?

Pernilla lui a déjà raconté tout ce dont elle se souvient : il crachinait, il y avait des parapluies. Mais en y réfléchissant bien, il se pourrait qu'elle ait vu un homme avec un assez grand nez. Peut-être vers le guichet du stade. Elle se souvient des arbres qui avaient perdu leurs feuilles d'automne, et vaguement d'un homme derrière eux. Il avait même peut-être un grand nez.

— Mais il n'avait pas l'air suspect, sinon, je m'en serais rappelé.

— Tu ne le connaissais pas ?

Évidemment, non.

145

En descendant du bus à Gullmarsplan, Kouplan est plongé dans ses pensées : MB, les grands nez, les prêtres douteux et l'incertitude de Pernilla quand elle lui déclare avec aplomb qui est le père de Julia. D'une manière ou d'une autre, tout est lié. Supposons, explique Kouplan mentalement à son frère, que nous ayons décidé d'enlever une enfant. Pour une raison obscure, nous choisissons justement celle-là, tout en sachant que sa mère nous reconnaîtrait si on l'approchait de trop près. Qu'est-ce qu'on fait ? On fait appel à un ravisseur expérimenté. Stockholm est une grande ville, certes, mais qui ne doit pas fourmiller de kidnappeurs professionnels. Nous faisons exactement comme Rachid. Nous posons des questions autour de nous, surtout parmi nos fréquentations les plus louches, et nous finissons par obtenir un nom. À Stockholm, les criminels assez endurcis pour emmener une fillette blonde de sept ans sous le bras ne doivent pas être légion, qu'en penses-tu ?

Kouplan est interrompu dans ses réflexions par la vibration de son téléphone. À l'instant où il s'apprête à le sortir de sa poche, un policier s'approche de lui. Ses jambes manquent de plier, l'agent lève la main et dit d'une voix sombre, comme au ralenti :

— Salut, mec, tu...

Dans cette situation, l'entraînement auquel Kouplan contraint à son cœur se révèle inopérant. En une seconde, ses battements augmentent de deux cents pour cent, pompant sauvagement de l'hémoglobine dans ses jambes. Kouplan fait alors la chose la plus idiote qui soit, mais il n'a pas le choix : il se précipite dans la foule qui sort du métro, la fend comme une anguille et dévale l'escalier vers les quais. Lorsqu'il bondit en bas du quai, derrière les ascenseurs, il ne sent plus ses pieds, trébuche, adresse une courte prière à un Dieu auquel, d'ordinaire, il ne croit pas, atterrit à quelques centimètres du troisième rail – celui de l'alimentation électrique – et vole au-dessus des voies. Le policier est quelque part derrière lui, ou peut-être devant. Tout autour, les échos des trains, les cris de la foule. Quand ses jambes n'ont plus de force, son cœur redouble de puissance pour leur donner un nouveau coup de fouet. Soudain, il débouche sur une route. Il n'entend plus de cris derrière lui, mais il court toujours. Il file devant le Globe, le kiosque du Kurde, les deux stades. Il court, le mois d'octobre forme une coulisse grise et floue autour de lui, il emprunte le pont de Skärmarbrink, traverse une piste cyclable et s'effondre derrière un buisson, réduit à une épave palpitante.

Dix minutes plus tard, toujours rien : pas d'uniformes du côté des immeubles, ni au croisement, pas de chiens policiers, pas de vigiles gonflés à bloc. Entouré de feuilles mortes pourrissantes, de quelques mégots et d'un vieux gobelet de café usagé, il a l'impression de souffler pour la première fois depuis qu'il est descendu du bus. Ses poumons tressaillent sous le choc. Il doit considérer l'incident comme une alerte. Il se redresse sur le tapis de feuilles en se penchant pour éviter une branche et sort son téléphone de sa poche. Tout n'a-t-il pas commencé dans une autre vie, lorsque l'appareil a vibré ?

Le numéro affiché est celui de Rachid, que Kouplan rappelle en brossant ses habits. Un oiseau noir le dévisage curieusement.

— Rachid ? Salut, c'est Kouplan.

Il ne lui raconte pas l'apparition du policier ni sa fuite éperdue, cela empêcherait Rachid de dormir cette nuit. Il s'excuse d'être un peu essoufflé, il vient de courir – voilà tout. Rachid lui demande s'il n'est pas mêlé à des affaires louches. Au contraire, lui répond Kouplan.

— J'aide quelqu'un.

— Et moi, je t'aide. Un mec va passer au kebab cet après-midi. Il sert de garçon de courses à MB.

— Pourquoi au kebab ?

— Aucune idée. J'ai reconnu son nom et je me suis dit que ça devait être lui. Il doit venir chercher quelque chose.

— Pour MB ?

— J'en sais rien et je ne veux pas le savoir. Il doit passer à 14 heures.

Le téléphone de Kouplan affiche 11 h 45.

20

Kouplan a le temps de retourner à Hökarängen. Selon toute logique, le garçon de courses pourrait le mener à MB, mais cette piste le conduira-t-elle à Julia ? Pas sûr. En sortant du métro, Kouplan songe qu'un ravisseur ne raconte pas forcément la vérité à tous les guichetiers qu'il croise. Cela dit, pour l'instant, il n'a pas d'autre piste à explorer.

À la sortie du métro de Hökarängen, on peut emprunter trois directions : le bosquet, les immeubles ou le modeste centre-ville. Kouplan opte pour les immeubles et longe des rues transversales, des cours et des bacs à sable vides. Il ne croise que deux enfants, deux frères âgés d'environ cinq et trois ans qui construisent des tours et ne remarquent pas sa présence. Kouplan s'arrête pour contempler les chevaux à bascule rouges fixés à de gros ressorts et les pins noueux aux coins des immeubles – un paysage suburbain typiquement suédois. Pourtant cette vision le replonge dans un lointain passé. Une fenêtre s'ouvre brusquement au troisième étage, une femme crie quelque chose en arabe et le grand garçon lève la tête :

— On arrive !

La mère de Kouplan faisait la même chose quand le dîner était prêt. Il s'approche d'une entrée en s'efforçant d'avoir l'air chez lui et salue les enfants :

— *Salâm aleikoum !*

Le grand doit vaincre sa timidité pour le regarder dans les yeux, faisant preuve ainsi du même courage que le frère de Kouplan au même âge. Le petit se cache derrière lui, un minuscule bout de chou derrière un autre à peine plus grand.

— Vous êtes les seuls enfants, ici ? demande Kouplan.

Le grand frère le jauge du regard, hésite, puis répond :

— Il y en a quelques-uns.

— Il en est arrivé de nouveaux, ces derniers temps ? Ces derniers jours ?

— De quoi ?

— Une petite fille, par exemple. Tu as vu une petite fille suédoise qui n'habitait pas ici avant ?

Le garçon secoue la tête. Son petit frère le tire par la main vers l'escalier.

— Il n'y a que les mêmes enfants, explique le garçon en résistant à son frère.

Kouplan se reconnaît dans le cadet apeuré. Le courageux, c'était son frère. Kouplan évite de prononcer son nom même en pensée, parce qu'à 14 heures il doit effectuer une filature du garçon de courses de MB. Il ne peut pas se permettre de devenir sentimental. S'il se laissait aller, il se demanderait où son frère déploie désormais son courage : sur terre ou au ciel… Décidément, le monde est plein de disparus.

150

Il erre le long de la Lingväg et de la Russinväg sans croiser aucun grand nez, ni aucune fillette blonde de six ans. De retour au métro, il se demande combien de clients alignés dans les files d'attente du kiosque et du supermarché ont perdu quelqu'un, combien partagent avec lui ce vide singulier.

Pernilla n'aurait jamais dû ressortir son vieil ordinateur. Elle aurait dû le laisser où il était, tout au fond de la cave, derrière l'appareil de fitness, Power Plank, acheté suite au matraquage d'une émission de téléachat – une réalité virtuelle, ces abdos en tablette de chocolat. L'ordinateur appartient à la même sphère désincarnée.

Bref, le voilà dans le salon. Il démarre lentement, comme un très ancien souvenir. Pernilla a dû ressortir et monter l'écran aussi, car la vieille unité centrale s'est avérée incompatible avec son portable. Il l'éclaire désormais d'une lueur fantomatique vexée d'avoir été si longtemps ignorée. Les autres mamans ont des photos de leurs enfants barbouillés de confiture en arrière-plan de leurs icônes ; celui de Pernilla représente deux mains qui avaient autrefois sur elle un effet calmant et s'avèrent désormais anxiogènes. A-t-elle pris ce cliché elle-même ? Sont-ce les mains de Patrik ? De Tor ? Un bref instant, elle a l'impression qu'elles vont surgir de l'écran. Instinctivement, elle se protège les seins. Décidément, elle n'aurait jamais dû ressortir cette vieille machine. Elle saisit la souris et clique sur « Images ».

Le problème, c'est que Julia ne voulait jamais être prise en photo. Les objectifs la terrorisaient. Ou terrorisaient Pernilla... Elle ne le savait plus elle-même.

Soudain, un souvenir ressurgit : Skansen, Julia a bientôt trois ans. Quasiment seules dans le parc désert, elles s'arrêtent pour observer un gentil écureuil. Un homme s'approche, muni d'un appareil photo. Pernilla panique, épouvantée à l'idée qu'on découvre l'existence de Julia et qu'on la lui prenne. La gorge serrée, elle demande à Julia de tourner le dos à l'homme et de courir jusqu'à une maison en rondins éloignée. Comme tous les enfants, Julia comprend que l'heure est grave. Elle fait volte-face et s'enfuit à toutes jambes.

Pernilla ouvre son ordinateur portable et note la scène dans son fichier mémo. Cela n'aidera pas Kouplan dans ses recherches, même s'il a envie de le croire, mais si autour du souvenir qui échappe obstinément à Pernilla, les associations se précisent, pour finir, elle distinguera les contours du vide. Qu'elle le veuille ou non.

Les premières photos sont d'elle et Jörgen. Comme il ressemble à Patrik... Enfin, à part la couleur des cheveux et le côté propre sur lui. Comme elle était amoureuse de ce garçon... Comme elle a souffert quand il a cessé de vivre... Leurs tignasses sont de la même couleur noire. À l'époque, ils se partageaient la boîte de coloration pour faire des économies. Jörgen apparaît plus souvent que Pernilla sur les photos. Parfois, il tourne l'objectif vers eux deux, ce qui donne des autoportraits pouffant de rire, les yeux écarquillés. Pernilla contemple ces yeux bleus qui ne sont plus, sent la chaleur de sa main sur son dos... Non, c'est Janus.

— Tu vois ? Si c'était il y a... quatorze ans, il serait ton maître.

Ignorant Jörgen, Janus pose la tête sur les genoux de Pernilla et la regarde. Son petit corps se gonfle au rythme de sa respiration. Pernilla gratte sa fourrure bouclée et clique sur la souris.

— Tiens... des photos de mon ancien travail. Le jeune homme avec la cravate autour du front, c'est Perra. Il voulait coucher avec moi. J'avais déjà les cheveux blonds, à l'époque. C'était après Jörgen. Regarde la fille au décolleté... Une vraie garce. Pardon, mais c'est la vérité.

Elle effleure un nœud, elle le sent se défaire ou, plutôt, se détendre légèrement lorsqu'elle parle à Janus de ce passé révolu. Elle décrit les fleurs de cerisier en mai 2004 et ses vacances sur l'île de Gotland en 2006, lui montre un coucher de soleil pas très horizontal et de nombreux portraits de Patrik. Le dossier contient cinquante-sept images en tout, c'est-à-dire moins de cinq par an, et quasiment aucune depuis la naissance de Julia. Pas une seule photo de Julia.

Quand elle s'en rend compte, elle a un moment de détresse. Elle a fait très attention, certes, mais se souvient avoir appuyé trois fois sur le déclencheur pour immortaliser sa ravissante petite fille. Elle en est sûre, en fermant les yeux, elle visualise une photo de la petite Julia quand elle était nouveau-née, emmitouflée dans un plaid rouge à rayures, une deuxième sur laquelle elle se tient debout sur une allée dallée et porte un chapeau de soleil et une troisième en pyjama jaune. Mais elle ne retrouve pas les fichiers dans le dossier. Quelqu'un les a effacés.

Garçon de courses. En persan comme en suédois, le terme évoque un gamin vif et dégingandé qui aurait à peu près la carrure de Kouplan. L'homme décrit par Rachid est tout le contraire. En apercevant l'énorme dos à travers la vitrine du kebab, Kouplan est saisi par la gravité solennelle du moment – cette gravité que tout un chacun ressent quand il est confronté à beaucoup plus grand que lui, par exemple à un train lancé à toute vitesse ou à une montagne infranchissable.

Kouplan entre tête basse, deux écouteurs hors service enfoncés dans les oreilles. Le garçon de courses faisant jouer ses muscles et se tournant dans sa direction, il se met à hocher la tête en rythme avec une chanson de hip-hop imaginaire. L'homme se désintéresse aussitôt de lui, prend le double kebab que lui tend Azad, croque dedans et mâche la gueule ouverte. Puis il s'assied dans un coin, tout près de Kouplan, l'effleurant presque de son épaule droite. Le voisin de table du garçon de courses, un Blanc, suédois ou polonais, peut-être des Balkans, appartient sans doute à la bande qui loue une chambre à Rachid et qui lui a dégoté son travail de plongeur au kebab. Les deux hommes marmonnent. Kouplan, sans rien comprendre à ce qu'ils se disent, perçoit les vibrations vocales du garçon de courses. Dans une autre vie, l'homme aurait pu être baryton.

Grâce à son expérience diverse et variée de l'être humain, Kouplan devine que le Blanc n'est pas MB, car si le fameux MB gère un gros réseau de clients, d'hommes de main et de nanas sur le dos desquelles il se fait un paquet de fric, il ne se tiendrait pas penché ainsi en avant. Après avoir avalé la moitié de son kebab, le Blanc attrape une poignée de sachets de sel sur la table. Le garçon de courses l'imite aussitôt – dans le domaine de la transaction, on ne fait guère plus transparent. Kouplan en conclut que les deux hommes n'ont pas un QI particulièrement élevé.

En quittant le restaurant, ils laissent dans une assiette un petit tas de frites horriblement tentant. Bientôt, ces restes seront jetés dans le grand bac, derrière le bâtiment, et Kouplan ne peut strictement rien y faire, en tout cas rien qui ne paraisse pas suspect. Dans le cadre d'un comportement normal, il n'a aucun moyen de les avaler au passage, discrètement. Il se glisse dehors quelques secondes après le garçon de courses. Le Blanc a déjà disparu. Le dos gigantesque de l'homme se déplace vers la Medborgarplats. Dans son for intérieur, Kouplan répète deux prières en alternance : « Ne te retourne pas ; ne prends pas un taxi. »

Alors qu'il file le garçon de courses le long des cafés du quartier de Söder, son propre destin lui apparaît, inconcevable, irréel : né dans un pays chaud, de parents tous deux diplômés, il en est aujourd'hui réduit à fuir la police, dans le froid glaçant d'un mois d'octobre suédois tel un vulgaire hors-la-loi, et à suivre une montagne de muscles au service du crime. Si le garçon de courses a un troisième larron à ses trousses, Kouplan pourrait devenir la cible de puissances scélérates d'une ampleur imprévisible. Ne pouvant en aucun cas compter sur la protection de la police, il se retrouverait comme un bouton d'acné coincé entre deux ongles. « Maman, pense-t-il, Allah, papa, mon frère… » Mais il n'a d'autre recours que son propre corps, et ce corps s'engouffre dans le métro à la poursuite du garçon de courses. Le sol se referme sur eux.

Ils descendent à Akalla. Trois stations plus tôt, en passant son quai habituel de Hallonbergen, Kouplan a eu une pensée languissante pour sa douche. Pernilla aurait pu lui proposer la sienne… Il est interrompu dans sa méditation. Le gorille qu'il appelle « garçon » gravit l'escalator en deux enjambées et disparaît dans la lumière aveuglante d'Akalla. Kouplan monte les marches en trottinant, aussi vite qu'il l'ose. Imiter l'homme risquerait d'attirer l'attention. Il s'arrête à la sortie, bras ballants, puis distingue une ombre noire : le blouson du garçon de courses, qui avance d'un pas de caïd jusqu'à la bande de jeunes qui traîne devant le kiosque et les salue d'un hochement de tête régalien. Garçon de courses et roi du quartier, il traverse en dehors des clous et pousse une porte vitrée d'un coup d'épaule. C'est la devanture d'un club de gym.

Il y passe une heure et demie. Après vingt-cinq minutes d'attente, Kouplan va en vitesse au kiosque s'acheter un hamburger pour ne pas s'évanouir, ce qui lui vaut de passer les soixante-cinq minutes suivantes à se demander si le garçon de courses n'est pas reparti tandis qu'il avait le dos tourné. Cela dit, un quart d'heure de musculation quotidienne ne suffit pas à obtenir une silhouette pareille. Quand l'homme ressort enfin, il porte un sac de gym en bandoulière. Il a donc dû le laisser sur place le matin en partant, ce qui signifie qu'il s'entraîne deux fois par jour. Kouplan frémit. Ses soixante tractions quotidiennes lui paraissent soudain dérisoires.

Kouplan se met dans la peau de celui qu'il a en filature : s'il avait fait une séance de musculation le matin, réalisé une transaction louche par sachets de sel interposés, mangé un kebab et suivi une nouvelle séance d'entraînement, il aurait conclu sa journée en rentrant chez lui. Voilà pourquoi Kouplan est assez convaincu que le bâtiment dans lequel pénètre à présent le garçon de courses est, comme le dirait un certain pasteur, son « humble demeure » : un immeuble de treize étages aux murs bruns striés de centaines de fenêtres anonymes. Kouplan n'a aucune chance de le rattraper et de glisser le pied dans l'entre-bâillement de la porte, qui claque derrière son dos musclé, laissant Kouplan dehors. Celui-ci prononce alors une brève prière à un Allah qui, selon toute vrai-semblance, ne le considère pas comme une priorité. Pourtant, cette fois, ça marche : la serrure est cassée. Kouplan s'élance vers l'ascenseur et regarde les chiffres du tableau digital passer de neuf à dix, puis à onze et, enfin, s'arrêter à douze. Cinq minutes plus tard, Kouplan effectue le même trajet.

Dans le couloir, toutes les portes sont équipées de judas. Kouplan ne jette donc que des coups d'œil furtifs aux noms des occupants pour les mémoriser, et retourne prendre l'ascenseur. Il monte au treizième, entrouvre la porte de l'escalier de secours et se faufile dans la cage d'escalier. Le palier est poussiéreux, inu-tilisé. Au douzième, Kouplan distingue vaguement des traces de pas. Dans la rigole au bord des marches, il trouve un mégot roulé à la main et un préservatif dans son sachet. Il s'assoit sur le bord d'une marche et se permet de souffler un peu. À en juger par l'odeur d'abandon qui règne dans la cage d'escalier, il ne doit pas y avoir beaucoup de passage. Kouplan sort son cahier et note ce qu'il a appris jusque-là sur le « garçon de courses ». La majorité des occupants du douzième portent des noms chinois. Il y avait aussi des Nilsson, des Chavez et des Papadakis. À strictement parler, n'importe lequel de ces trois noms pourrait être celui de l'homme, mais Chavez est le plus vraisemblable. Kouplan entrouvre doucement la porte de l'étage.

L'espace carré et indéfini qui relie les Nilsson, Chavez et Papadakis aux Chinois est désert. Tous les bruits sont assourdis par des portes en bois munies de judas. Kouplan glisse le préservatif dans l'entrebâillement de la porte de secours. *Ultimate protection*, dit l'emballage. Kouplan prie pour que cela se vérifie, puis il recule d'un pas dans la cage d'escalier en lâchant la porte, qui reste entrouverte, laissant passer un rai de lumière terne. Depuis la première marche, sa tête appuyée contre le mur couleur de pierre, il a un point de vue parfait sur l'ascenseur, au travers d'une fente d'un centimètre de large.

21

Les adultes courent comme des élans dans les escaliers. À peine ont-ils commencé à descendre qu'ils sont déjà un étage plus bas. Un enfant n'a aucune chance de les prendre de vitesse. Une petite fille, par exemple. Même si elle se jetait dehors à la seconde où l'homme déverrouille la porte de la chambre, elle n'atteindrait pas l'étage du dessous avant d'être rattrapée. La fillette a compté, elle a senti dans son corps l'allure à laquelle elle pourrait courir. Elle s'efforce de porter un jugement lucide. En plus, quand ils le veulent, les hommes vont plus vite.

Par déduction, elle a compris qu'elle se trouvait au troisième étage. Il y a un immeuble en face, et la fenêtre juste devant la sienne est la quatrième en partant d'en bas. Les enfants ne sont pas forcément bêtes. Elle sait compter. Ouvrir une fenêtre aussi.

Pour atteindre le loquet de la fenêtre, il lui faut grimper sur la commode. Il est coincé, mais en tirant de toutes ses forces, elle arrive finalement à l'ouvrir. Au passage, elle fait sauter quelques couches de peinture. Elle appuie ensuite sur le châssis de la fenêtre. D'abord doucement, puis fort. Au début, il reste collé, mais, brusquement, la peinture cède là aussi, et la vitre s'ouvre si grand que la fillette perd l'équilibre. Pendant une seconde épouvantable, son regard plonge le long du mur de l'immeuble qui, trois étages plus bas, finit dans la rue. Elle s'agrippe au loquet, se retient à l'aide de ses pieds, se hisse et ne reprend son souffle qu'au moment où elle se retrouve tout entière à l'intérieur. Haletante, elle expulse la terreur de ses poumons, le sang bourdonne comme un essaim d'abeilles dans ses mains et ses pieds. C'est la première fois depuis plusieurs jours qu'elle a l'impression d'être en vie.

Dès qu'elle respire de nouveau normalement, elle repasse la tête par la fenêtre. La rue lui paraît infiniment loin, mais le poids de son corps repose désormais fermement sur le sol de l'appartement. Sur le trottoir, des gens marchent, tout petits, comme des scarabées. Entre eux, des voitures circulent, s'arrêtent, démarrent, s'arrêtent. Sur les devantures, des panneaux brillent toute la nuit. Elle les a lus, mais elle les distingue mieux maintenant que la fenêtre est ouverte.

— P-h-a-r-m-a-c-i-e, épelle-t-elle. G-a-l-e-r-i-e.

Dans la première boutique, elle croit qu'on achète des médicaments. Dans la deuxième, des tableaux. La personne qui vend des médicaments se soucierait peut-être d'une petite fille enfermée.

Elle attend. Enfin, une personne en blouse blanche sort de la boutique et porte la main à sa bouche. Il en sort de la fumée. C'est maintenant ou jamais.

La fillette fixe des yeux le scarabée blanc, ouvre grand la bouche et crie aussi fort qu'elle le peut. Pour la première fois depuis que l'homme qui prétend être son vrai père l'a prise, elle appelle à l'aide. Sa voix

160

retentit entre les immeubles, les passants réagissent, perplexes, sans effarement. Ils lancent des regards hésitants autour d'eux. La fillette crie : « Je suis là, là-haut, LÀ-HAUT, ils m'ont prise ! » Mais personne ne lève suffisamment les yeux pour l'apercevoir au troisième étage. Soudain, la porte de la chambre s'ouvre avec fracas.

L'homme qui prétend être son vrai père n'est pas là, c'est l'autre. Il pousse un grognement, vocifère et ferme la fenêtre avec un claquement. Puis il attrape la fillette par les cheveux – elle qui souffre le martyre dès que sa mère commence à la peigner… Le pire, ce sont les cheveux les plus fins, dans la nuque. L'homme l'attrape et la soulève. Cela fait si mal que des larmes apparaissent au coin de ses yeux. Elle sent des cheveux se détacher de son crâne, pourtant la plupart tiennent bon. Il la porte ainsi à travers la pièce en la grondant. Elle ne comprend pas tout. Enfin, elle savait bien qu'elle n'avait pas le droit d'appeler les gens dans la rue. Il aurait pu la balancer dans le lit, mais il la lâche par terre et se dresse au-dessus d'elle, énorme. Il ressemble à un *monster truck*, son visage est la chose la plus hideuse qu'elle ait jamais vue. Avant de ressortir, il lui crache dessus. Il visait le visage, mais n'a atteint que le cou. Seule dans la chambre, elle s'essuie. La salive sent le vieux bonhomme ranci. Elle l'étale sur la porte.

Elle s'allonge un moment sur son lit et se touche la tête pour vérifier combien elle a perdu de cheveux. Pas tant que ça, à ce qu'il semble. Les yeux rivés au plafond, elle appuie sur son crâne brûlant et sent un martèlement juste au-dessous de son cuir chevelu. Elle a l'impression qu'il est gonflé. Elle pousse un long soupir et pense à sa mère. Le soir, c'est plus facile, elle se souvient quand sa maman la serre contre elle, lui fait à manger, rigole en regardant la télé ou lorsqu'elles font un puzzle ensemble. Le jour, elle est envahie par la culpabilité. Sa mère lui avait bien expliqué, pourtant, ce qu'elle devait faire si quelqu'un essayait de l'enlever. « Crie et cours, retentit la voix de sa maman dans son esprit. CRIE ET COURS ! » Elle n'a ni crié ni couru. Elle a trahi sa maman. Si elle y pense trop, elle se met à pleurer.

22

L'escalier en pierre du Sibeliusgång qui, en cas d'incendie, doit sauver les occupants de l'immeuble, racle le derrière osseux de Kouplan. Quand il se réveille dans la même position qu'il s'est assoupi, la nuque aux trois quarts engourdie, il a l'impression de ne pas avoir fermé l'œil. Il a pourtant rêvé qu'il dégringolait douze étages et atterrissait dans une cellule de prison glaciale. Toute la nuit, il a été réveillé tantôt par le signal de batterie déchargée de son téléphone, tantôt par les gargouillis de son propre estomac. Enfin, toute la nuit, c'est beaucoup dire, car lorsque le premier cliquetis de serrure résonne dans le couloir, l'écran de son téléphone n'indique que 4 h 30. Une Chinoise de la quarantaine pousse un gros bâillement devant l'ascenseur qui gravit laborieusement les étages. Kouplan chronomètre la trajectoire de l'appareil.

À 6 heures, il commence à se demander ce qu'il fait là. Si le ravisseur de Julia se rendait à Hökarängen, pourquoi se geler dans une cage d'escalier d'Akalla, les yeux rivés sur une porte d'ascenseur ? Patrik se comporte comme s'il n'était pas le père de Julia et la disparition de la petite ne semble pas inquiéter Tor. Selon toute logique, il devrait être en train de les suivre, eux. Alors que fait-il là ? Sa seule réponse est peu satisfaisante : l'intuition.

À 7 heures, l'immeuble se réveille. L'ascenseur fait plusieurs allers et retours. On est pourtant dimanche. Deux Chinois quittent le douzième. À une occasion, l'ascenseur monte jusqu'au treizième. Trois heures plus tard, Chavez apparaît.

C'est un choc. Soudain, son large dos lui bouche la vue. Les jambes de Kouplan, endormies, ne lui obéissent pas, mais il leur fait violence. Discrètement, il descend deux étages au petit trot en comptant les secondes. Au dixième, il pousse fort la porte de l'escalier de secours et se jette sur le bouton d'appel de l'ascenseur. Inutile, celui-ci n'est qu'au septième étage. Kouplan a le temps de souffler avant que l'appareil atteigne péniblement le douzième en ronronnant et entame sa descente. Bientôt, une famille endimanchée, sans doute en route pour l'église, rejoint Kouplan sur le palier. À l'arrivée de l'ascenseur, il les laisse passer devant. Ils font ainsi écran entre Chavez et lui.

Dehors, le soleil lui pique les yeux. C'est une journée magnifique, surtout pour quelqu'un qui vient de passer seize heures dans une cage d'escalier de secours. Kouplan cligne des yeux et inspire un grand bol d'air frais en guise de petit déjeuner. Le tableau lumineux du métro indique huit minutes d'attente avant le train suivant, ce qui lui laisse le temps de s'acheter un sandwich dans un distributeur. De plus, Chavez ne semble pas très pressé. Dégoûté, Kouplan enfonce les pièces dans la fente : pour la même somme, il aurait pu s'acheter un pain entier. Enfin, ne pas s'évanouir, cela présente tout de même un certain intérêt.

À la station T-Centralen, il se tient assez loin der-rière Chavez et ne voit que le sommet de sa tête. Il aurait dû se changer. Combien de temps peut-on être suivi par le même gamin en blouson marron sans avoir l'impression de le reconnaître ?

À la station Slussen, Chavez monte dans le bus n° 3 et s'assoit tout au fond. Kouplan se glisse sur les pre-miers sièges, à l'avant. À chaque arrêt, il jette un coup d'œil dans le rétroviseur. Lorsque le bus approche de la Renstiernas gata, la carrure imposante de Chavez s'apprête à descendre. Kouplan se lève pour en faire autant, mais se ravise. Chavez jette des regards inquiets autour de lui, exactement comme Kouplan le fait lui-même quand il redoute une présence policière. Il décide donc de rester dans le bus, se dirige vers le fond et suit Chavez du regard à travers la vitre arrière la plus sale de l'histoire de l'humanité. À l'arrêt suivant, il bondit sur le trottoir, traverse la rue et se dirige vers l'immeuble dans lequel il a vu pénétrer Chavez. L'entrée est verrouillée, le garçon de courses a disparu.

Des jumelles, voilà ce qu'il lui faudrait. Il s'installe dans le restaurant d'en face, la serveuse vient prendre sa commande et il demande à voir la carte. Des jumelles télescopiques qui auraient la faculté de par-courir l'intérieur des pièces… Il aurait ainsi découvert à qui Chavez est allé rendre visite, mais il n'a que ses yeux pour voir. Il les plisse désespérément, sentant poindre, juste derrière, un mal de tête inopportun.

— Ce sera… ? demande la serveuse persévérante.

Il se force à sourire et secoue la tête. Étant donné l'exposition de l'immeuble en face, le soleil ne gêne pas son observation, c'est déjà cela. Il perçoit un mouvement derrière une fenêtre du troisième étage qui donne sur le parc de Vita bergen. Est-il victime d'une illusion d'optique ? Il a cru reconnaître la silhouette de Chavez, qu'il devrait pouvoir identifier – elle constitue tout de même l'élément principal de son champ de vision depuis bientôt deux jours.

— Mon patron dit que si vous voulez rester, vous devez commander, dit la serveuse, désormais légèrement hostile.

Kouplan imagine le tableau : il ne s'est pas douché ni changé depuis deux jours. S'il était patron de restaurant, il aurait lui aussi des doutes sur un client pareil.

— Désolé, lui dit-il en lui rendant la carte, je ne trouve rien. Je suis allergique.

— À quoi ? lui lance la serveuse.

Il sort sans répondre, contourne l'immeuble en direction du parc de Vita bergen et s'installe sur l'escalier qui gravit la butte. Depuis ce poste d'observation, il aperçoit d'autres fenêtres de l'appartement du quatrième. À côté du supposé Chavez, il a l'impression d'entrevoir un homme grand. Brusquement, il ressent une irrésistible envie d'uriner.

Il y a des mecs qui, en se réveillant dans une cage d'escalier quelconque, décideraient de pisser sur place, par incurie et par nécessité. D'autres, dans la même situation, trouveraient un buisson dans le parc de Vita bergen. Kouplan aurait voulu appartenir à l'une de ces deux phalanges de la masculinité, or ce n'est pas le cas. Dans une attitude assurément un peu tafiole, il serre les cuisses, essayant toujours de découvrir des indices importants à travers une fenêtre vingt mètres plus loin. Finalement, il capitule, dévale les marches et se précipite dans un café. « JevousenpriesivousnemeprêtezpasvosWCjemepissedessus », s'écrie-t-il en entrant. Sous la menace ou constatant le désespoir de Kouplan, le jeune homme au comptoir fait un geste miséricordieux pour lui indiquer les toilettes, et le détective se laisse aller à trente secondes de soulagement paradisiaques.

De retour en haut des marches, Kouplan constate que la silhouette de Chavez a disparu. L'autre homme, le grand, seul dans une lueur jaune, est tourné vers quelque chose, sans doute un évier. Il pourrait être en train d'effectuer un pesage. Ou de faire bouillir des macaronis. Kouplan surveille en alternance les fenêtres de l'appartement et l'entrée de l'immeuble dans la Skåne gata. Si Chavez se trouve encore dans l'appartement, il devrait réapparaître tôt ou tard. Et si quelqu'un prépare des macaronis pour une fillette, Kouplan devrait apercevoir, cinq ou dix minutes plus tard, une silhouette d'environ un mètre de hauteur. Mais il ne se passe rien de tel.

En cette fin d'octobre, lorsque Kouplan s'installe sur les marches de bois sec, le froid saisonnier ne tarde pas à traverser son jean et ses maigres cuisses. Il y a vingt-quatre heures qu'il est assis dans des escaliers. Dans son ventre, le sandwich du distributeur hurle sa solitude. Kouplan se penche contre la balustrade et observe l'homme dans la cuisine jaune. Il faut tenir bon.

Après une demi-heure supplémentaire, Kouplan comprend qu'il existe désormais un lien entre son objet de surveillance et lui. L'homme se balade dans son appartement et Kouplan le regarde se balader dans son appartement. Leur relation est du même ordre que celle qui unit harceleur et harcelé. La comparaison chemine sans but dans l'esprit de Kouplan lorsque, soudain, surgit en lui une image tout à fait réelle de son père. Encore enfant, il lui arrive à la taille.

— *Sabr talkh ast, valiken bar-e chirin dârad*, lui dit son père. « La patience est amère, mais ses fruits sont sucrés. »

La patience ? Attendre qu'un homme dans une cuisine fasse quelque chose ? Ou peut-être son père fait-il une allusion plus générale à l'existence de Kouplan, désormais envahi par une idée fixe : des fruits sucrés. Pêches, prunes, raisins, melons... La sensation de la chair jaune et juteuse qui cède sous les dents, le nectar qui coule le long du menton si on ne l'aspire pas. Puis un kebab : la première bouchée AVEC de l'oignon. Puis du *gheymeh bademjan* avec beaucoup d'agneau. Lorsqu'il se met à rêver de poisson pané et de purée instantanée, il se dit que les choses vont trop loin. Chavez n'est visible ni dans l'appartement, ni à l'entrée de l'immeuble, ni dans la rue. À travers les fenêtres, pas l'ombre d'une fillette. Avant de s'éclipser, Kouplan entre dans l'immeuble et mémorise le nom de l'occupant : F. Karlsson.

Dans le métro, il résume sa journée dans son cahier. D'abord en persan, puis en suédois, car il se rend compte que ça rime : *Dix-neuf heures de filature / à l'estomac mènent la vie dure.*

La faim est une drôle de sensation. Avec le besoin d'uriner et le sommeil, elle domine toutes les autres. C'est ce que tente de représenter la pyramide des besoins du psychologue Abraham Maslow. En avalant sa bouillie d'avoine, Kouplan se souvient du jour où sa mère la lui a expliquée :

— Les besoins physiologiques passent d'abord, ensuite, le besoin de sécurité.

Kouplan se prépare une deuxième portion de bouillie et pense à un autre proverbe de son père. Décidément, la faim réveille en lui des souvenirs de ses parents. Il aimerait savoir comment ils vont, mais n'ose pas se laisser aller à l'imaginer : sa mère se demandant ce qu'ils sont devenus, son frère et lui. Il ne peut pas se le permettre. D'ailleurs, il est passé maître dans l'art d'interrompre ses monologues intérieurs. Sa mère trouverait tout cela malsain.

Lorsque la bouillie a enfin colmaté son estomac, il ouvre son cahier et contemple son poème prosaïque, comprenant soudain que ces dix-neuf heures de travail n'ont pas donné grand-chose. Julia a disparu depuis deux semaines. À l'instant où Kouplan racle les dernières cuillerées de bouillie dans son assiette, une fillette de six ans est retenue dans un lieu inconnu, terrorisée, se demandant où elle a atterri.

Soit ça, soit le cadavre d'une enfant de six ans gît quelque part.

Soit ça, soit Pernilla lui ment.

23

Ça peut paraître fou, mais c'est la vérité : quelqu'un a effacé les traces de Julia. Il n'y avait pas grand-chose, mais elles sont désormais détruites. Après avoir parcouru son vieil ordinateur, horrifiée, Pernilla a fouillé systématiquement tout son appartement. Son sang se glace dans ses veines : elle ne possède plus la moindre preuve du lien de filiation qui l'unit à Julia. Voilà les conséquences de sa propre prudence. Le retour de manivelle. Quelqu'un a commis le crime parfait.

Qui aurait pu découvrir qu'elle conservait ces photos dans un vieil ordinateur toussotant au fond de sa cave ? Et une mèche de cheveux dans un écrin rouge ? Elle seule le savait, n'est-ce pas ? Elle et Julia, constate Pernilla, mal à l'aise. Elles ont rangé la mèche ensemble et Julia l'a accompagnée à la cave avec l'ordinateur.

Inexplicablement, Pernilla pense à Tor. Une idée saugrenue car ce n'est pas un ravisseur potentiel, mais peut-être, s'il était convaincu de rendre service, parviendrait-il à faire parler Julia. Elle est timide, certes, mais elle est très gentille aussi et, surtout, elle n'a que six ans. À son âge, on ne se méfie pas. Mais Tor n'est pas un ravisseur potentiel, se répète Pernilla.

— Je te paye pour retrouver Julia, dit-elle, hésitante.

Kouplan et elle ont pris le métro jusqu'à Gullmarsplan et marchent vers le Globe. Encore une fois. Elle déteste ce passage sous le pont. Elle déteste le Subway et le restaurant grec.

— Je la retrouverai, répond-il. Mais j'ai besoin de ton aide pour une vérification.

— Ce n'est pas où je voulais en venir. Je te paye pour retrouver Julia, d'accord ?

— D'accord.

— Et pour me croire. Même si ça peut sembler bizarre. D'accord ?

— Qu'est-ce qu'il y a ?

Il s'arrête et la regarde intensément de ses beaux yeux bruns. Son corps est sur le qui-vive, se dit Pernilla, calme mais ouvert à tout. Même à ce qu'elle s'apprête à lui annoncer.

— J'avais trois photos de Julia et une boucle de cheveux dans un écrin, mais tout a disparu.

Kouplan fronce légèrement les sourcils.

— Ça signifie que Julia a complètement disparu ?

Pernilla respire, il la croit.

« Moi aussi, d'ailleurs », songe Kouplan. S'il lui arrivait quelque chose, il cesserait intégralement d'exister, car de la même façon que Julia, il n'est rien de plus que son propre corps. Ils mènent tous les deux une existence aberrante.

— Tu n'y avais jamais pensé ?

172

Cela fait longtemps qu'il voulait lui poser la question.

— J'y pense sans arrêt, répond-elle. Mais on m'a menacée de me la prendre quand elle était encore dans mon ventre, je ne pouvais pas les laisser faire. Et si je m'étais présentée aux autorités plus tard, avec une enfant de deux ans sans numéro d'identité... Devine qui aurait été jugée inapte ?

— Oui, mais... Et si... Elle va effectuer sa scolarité à domicile ? Et si elle tombait malade ?

Pernilla a les larmes aux yeux.

— Tu crois que je n'y ai pas réfléchi ? Tu crois que je ne me suis pas inquiétée ?

Elle vocifère et gémit dans une même respiration. Pour la première fois, il la prend spontanément par les épaules, et elle ne le repousse pas. « Pourquoi avais-tu si peur qu'on te l'enlève ? voudrait-il lui demander. Qu'est-ce qui t'a fait redouter cela ? » « Chaque détail compte », voudrait-il encore lui dire. Mais il la sent frémir.

— Allez, on s'y met. On va la retrouver.

Ce jour-là, le Globe est l'endroit idéal pour enlever une petite fille. Un archipel de tentes s'étend sous leurs yeux, un royaume de sacs de couchage et de nounours. Les fillettes qui peuplent cette nation éphémère devraient être à l'école, mais on comprend à leurs T-shirts que Justin Bieber occupe une place plus fondamentale que l'éducation traditionnelle dans la pyramide de leurs besoins. Elles sont des centaines.

— Ne pense pas à elles, dit Kouplan à Pernilla. Ferme les yeux.

Elle obéit – une maman suédoise ordinaire à deux doigts de la panique. Il la voit lutter contre l'angoisse, il sent l'abîme qui menace de l'avaler derrière ses paupières closes.

— D'abord, inspire.

Un peu plus loin, une dizaine de fillettes poussent des hurlements de joie, apparemment sans raison. Pernilla inspire. Kouplan observe les discrets sillons autour de sa bouche.

— Maintenant, expire. Il faut que tu penses à ce qui s'est passé ce jour-là, mais plus tôt. Est-ce que tu as parlé à quelqu'un ?

— Dans le métro ?

— Ou encore avant. Chez toi. Tu as parlé au téléphone ou rencontré quelqu'un ? Peut-être même la veille.

Derrière Pernilla, un groupe de fillettes répète une chorégraphie maison en regardant une vidéo sur un iPhone. Elles portent l'inscription *Belieber* sur le front. Pernilla inspire, expire.

— Pas ce jour-là. Mais le dimanche d'avant, on est allées se promener.

— Toi et Julia ?

— Moi et Janus. Julia est restée à la maison.

Kouplan note mentalement le détail. Julia est restée à la maison. Pourquoi ?

— Et tu as parlé avec quelqu'un ?

— Avec un jeune homme qui a aussi un chien de race croisée.

Soudain, elle ouvre les yeux.

— C'est vraiment si important que ça ?

— Ferme les yeux. Un jeune homme qui a aussi un chien de race croisée. Tu l'avais déjà vu avant ?

174

— Oui, plusieurs fois. Il fait la même promenade que nous. On se salue.

Kouplan a l'impression que la panique de Pernilla faiblit, remplacée par autre chose. Peut-être de la concentration.

— Il a rencontré Julia ?

Elle reste pensive.

— Je ne crois pas. Non, on ne s'est croisés que lorsque j'étais seule. Une fois, elle était avec moi, mais à l'aire de jeux. Ils ne se sont jamais vus.

Kouplan se met dans la peau du jeune homme au chien.

— S'il t'adresse seulement la parole quand tu es seule, c'est peut-être qu'il a peur des enfants.

Quand Pernilla ferme les yeux, son visage dévoile tout. Kouplan détecte une hésitation, puis elle répond :

— Je me suis fait la réflexion.

« Payé pour la croire », pense-t-il en se dirigeant vers Skärmarbrink. Ils empruntent le même chemin qu'un homme au grand nez accompagné d'une fillette, deux semaines auparavant, mais Kouplan n'est plus vraiment sûr qu'il soit mêlé à l'affaire. Un nouveau sentiment le domine désormais : Pernilla ne lui dit pas tout. Or il est payé pour la croire.

— Elle restait souvent à la maison quand tu sortais Janus ?

— De plus en plus. Je me disais qu'elle grandissait, ou qu'elle s'était lassée du chien. Pourtant, au début, elle l'adorait. Mais je ne sais pas... Tu crois qu'un enfant peut être déprimé ?

Kouplan, qui a voyagé dans des cars bondés de réfugiés, habité dans des centres de demandeurs

175

d'asile, vu des familles entières recevoir leur avis de rejet et des lits superposés sur lesquels on dormait à cinq, connaît la réponse à cette question.

— On peut penser… On peut penser que Julia était une enfant cachée, n'est-ce pas ?

L'expression de Pernilla trahit sa mauvaise conscience.

— J'ai essayé de lui donner tout ce dont elle avait besoin : des stimuli et… On allait à la bibliothèque, on faisait des tableaux de perles…

Kouplan ne sait pas ce que c'est, mais peu importe.

— Tu les as encore ?

— Les tableaux de perles ? Oui, pourquoi ?

Kouplan ne répond pas, il se dit : quelqu'un a pris des photos et une mèche de cheveux, mais laissé des tableaux de perles. Cela témoigne d'une pensée stratégique ou d'une simple cruauté. Tous deux, ils traversent le pont qui surplombe les voies ferrées. Kouplan s'arrête et baisse la voix.

— Est-ce qu'il y a quelqu'un qui ne t'aime pas ? – Elle a un rire sec. – À part Patrik, ajoute-t-il.

Kouplan s'appuie sur la balustrade et regarde les voies. Un train en direction de Farsta strand entre avec fracas, son toit rayé et ses tableaux lumineux défilent sous leurs yeux.

— Quelqu'un qui voudrait te tourmenter, reprend Kouplan. Qui serait prêt à enlever ton enfant.

Pernilla s'approche de lui. Le train disparaît au tournant, laissant derrière lui une pulsation sifflante dans les rails.

— Manifestement.

Kouplan est partagé entre deux intuitions contradictoires. D'un côté, Julia semble avoir été enlevée par

176

un prédateur, plus ou moins au hasard, quoique sa disparition puisse également être liée à Pernilla elle-même. Ou à Julia elle-même. Pendant combien d'années une enfant supporte-t-elle de vivre cachée ? Qu'est-ce qu'une enfant cachée dissimule au fond d'elle ? À quoi aspire-t-elle ? À quel genre de proposition est-elle réceptive ? Dans son esprit, un troisième embryon d'hypothèse se forme petit à petit, reliant les différents points d'intersection.

Un point d'intersection est un croisement entre deux fonctions. Il peut représenter un investissement optimal ou la taille la plus rentable d'un carton de pizza. Ou encore le lieu de rencontre d'un poisson égaré et d'un crocodile affamé. D'une enfant suffisamment frustrée d'être cachée, pieds et poings liés à sa mère, et d'un adulte qui sait tirer profit d'une enfant...

Il existe trois méthodes pour trouver le point d'intersection entre deux équations à une inconnue. C'est un problème abstrait, mathématique, mais le souvenir de son ancien prof de maths réconforte Kouplan. En fait, ses intuitions contradictoires peuvent être toutes les deux vraies, il suffit de trouver leur point d'intersection.

Sauf, bien sûr, s'il se trompe complètement.

Un inspecteur de police n'aurait jamais entraîné une mère désespérée dans une errance sans but précis à travers la banlieue sud, mais à ce stade, Kouplan mène de front deux enquêtes : MB et Pernilla. Or il ne tirera rien de cette dernière s'il ne l'a pas à ses côtés.

Les voies du métro se sont tues. Seuls deux vilains pigeons boitillent entre les rails, picorant ici et là des miettes invisibles. Pernilla répond à la question que Kouplan ne lui a pas posée.

— Il y a des trucs flous. Je ne m'en souviens pas très bien.

Elle touche peut-être à quelque chose d'important. Kouplan, les yeux rivés sur les oiseaux, répond, aussi détendu que possible :

— Ah bon ? Quoi, comme trucs ?

— Quand tu me poses des questions, j'ai l'impression de ne pas me souvenir de tout. J'essaye, mais c'est comme si ma mémoire refusait d'obéir.

— Tu veux dire des détails, comme des couleurs ou des heures précises ?

Elle secoue la tête.

— Je perds la notion d'ensemble. Quand je pense à un jour en particulier, comme ce dimanche d'il y a deux semaines, je sais bien que Julia n'était pas au parc avec moi, mais après, je ne me souviens pas du moment où je suis rentrée. C'est pareil pour les périodes plus longues, par exemple avant la naissance de Julia.

Un homme au nez d'une petitesse affligeante les dépasse pour se diriger vers le métro. C'est ainsi que fonctionne la mémoire, se dit Kouplan. On ne se souvient pas systématiquement quand on est rentré chez soi ou qui on a croisé en chemin.

— Il n'y a que dans *Cold Case* et *Esprits criminels* que les témoins se souviennent de tout.

— Je ne crois pas que ce soit normal.

Sa voix effleure un point sensible, un nœud. Il y a de la vérité dans l'air. Si Pernilla a des trous de mémoire inexplicables, alors…

— Comme quand on a pris des drogues ?

178

— Je n'en prends jamais.

Kouplan se remémore les deux bouteilles de vin qu'ils ont bues ensemble le vendredi précédent. Elles étaient poussiéreuses. Il songe aux malfaiteurs qui droguent leurs victimes.

— C'est peut-être l'état de choc, suggère Pernilla.

Kouplan songe aux agresseurs qui prennent le contrôle de leurs victimes.

— Quelqu'un d'autre a la clé de chez toi ?

— Seulement le propriétaire de l'appartement. Mon Dieu, Kouplan... Je n'en peux plus. Bientôt, je croirai voir Julia dans chaque buisson et derrière chaque barrière.

Kouplan frissonne. On gèle. Pernilla a raison, il n'aurait pas dû l'emmener.

— Je vais continuer seul. Je demanderai à mes relations s'ils ont du nouveau, et puis je vérifierai un truc.

— J'aimerais tellement pouvoir t'aider... J'ai l'impression de devenir folle.

— Tu as noté tes souvenirs comme je te l'ai demandé ? Tout ce qui te revient sur Julia ?

— J'ai écrit au moins cinq pages.

— Continue. Si demain, je ne l'ai pas retrouvée, je passerai les chercher.

— Ça ne t'apportera pas grand-chose.

« Probablement pas, se dit Kouplan. Mais peut-être que toi, ça t'aidera, à la longue. » Car malgré sa réponse optimiste, il n'a pas grand espoir de retrouver Julia. Il a surtout voulu réconforter un peu Pernilla. On ne revoit pas un enfant qui a disparu deux semaines, en tout cas pas en vie.

— Fais-moi confiance.

24

Sa maman lui a expliqué comment se conduire pour éviter d'être enlevée, mais elle a oublié de lui dire ce qu'il fallait faire si un jour elle l'était.

Du coup, la fillette ne peut se fier qu'à elle-même pour s'en sortir, et la seule issue qu'elle voit, c'est la fenêtre. Elle ouvre le loquet que l'homme a refermé et passe la tête dehors en pensant à Raiponce qui lâchait sa longue chevelure le long du mur, mais ses cheveux à elle n'atteignent même pas le cadre de la fenêtre. Dans la chambre, elle n'a pas trouvé de corde. Même s'il y en avait une, elle n'atteindrait sûrement pas le sol. La fillette songe aux frères Rapetou qui fabriquent une corde en nouant des draps dans *Picsou magazine*, mais son lit n'est même pas muni de draps.

Elle a essayé de compter les jours. Arrivée à cinq, elle a commencé à tout mélanger, ne se souvenant plus si le cinquième jour était la veille ou justement le jour où elle a noté que le lendemain serait le cinquième. Elle ne compte plus les fois où elle a pleuré, les nuits où elle s'est réveillée, regardant fixement les rais noirs entre les lattes des stores, mais elle sait combien il y a d'hommes : trois.

Le deuxième travaille avec celui qui prétend être son vrai père et parle avec un accent. C'est ce qu'on dit quand quelqu'un connaît mieux une autre langue que le suédois. Il s'occupe des « filles » en leur apportant à manger de chez McDonald's. Les « filles », c'est elle-même et deux femmes de Pologne. Elles ne parlent pas suédois et logent dans la chambre d'à côté. D'abord, la fillette a regretté de ne pas dormir dans leur chambre même si elles ne se comprenaient pas, car elles étaient gentilles. Elles lui peignaient les cheveux et lui faisaient des bisous sur les joues. Ensuite, elle a entendu des coups et du remue-ménage dans leur chambre. Le deuxième homme appelle ça des « visites ». Dans quelques jours, il l'a avertie qu'elle recevrait elle aussi une visite. Le plus important, à ce moment-là, c'est de rester sage et de se taire.

Le troisième homme ne parle pas beaucoup, en tout cas, pas avec elle. Il parle avec les deux autres en anglais. Elle le sait parce qu'ils disent *yes*, *no* et *fuck*. Il a des poils dans les oreilles et son nez ressemble à une énorme patate. Elle les déteste tous les trois, mais s'il y en a un auquel elle voue une haine particulière, c'est bien lui.

Le premier homme, celui qui prétend être son vrai père, entre dans sa chambre et la trouve penchée par la fenêtre.

— Tu ne dois pas ouvrir la fenêtre, dit-il.

Il a parlé sur un ton neutre, mais elle sait qu'il s'agit d'un ordre, ou même d'une menace.

Elle ferme sagement la fenêtre en appuyant bien sur le loquet.

182

— Voilà, c'est bien, sourit-il.

Il s'assoit sur le matelas nu sur lequel elle dort depuis plus de cinq nuits et qu'elle considère désormais comme le sien. Elle trouve donc désagréable qu'il pose son derrière dessus.

— Tu n'es pas mon papa, murmure-t-elle si bas que personne ne devrait l'entendre.

Elle remue à peine les lèvres. Pourtant, il l'entend.

— Ne dis pas de bêtises. Tu es une grande fille, maintenant, il est temps que tu connaisses la vérité.

Il a éveillé sa curiosité, elle tend l'oreille malgré elle. Il ment, c'est sûr, mais on ne sait jamais…

— J'ai parlé à ta maman. Viens !

Il lui indique la place à côté de lui sur le lit. Elle reste debout devant la fenêtre. Il n'a pas pu parler à sa maman, c'est impossible… N'est-ce pas ?

— Je ne sais pas si tu t'en souviens, un jour, elle a crié qu'elle ne te supportait plus.

Il fronce les sourcils d'un air soucieux, comme si, sachant des choses sur sa maman, il s'inquiétait pour la fillette, dont le sang se glace. Elle ne veut pas se souvenir du jour où sa maman a dit quelque chose comme ça.

— Alors on a décidé qu'à partir de maintenant, tu resterais avec moi. Tu as déjà habité très longtemps avec elle. C'est épuisant, tu sais, de s'occuper d'une petite fille comme toi. Alors, tu viens ?

Il refait le même geste. Elle secoue la tête. Il a un rire forcé.

— Voilà, c'est justement ça. Tu ne fais pas ce qu'on te demande. Je comprends qu'elle ne veuille plus de toi.

Elle marmonne des mots qu'elle aurait préféré garder dans sa bouche. Rien n'échappe à l'homme.

— Qu'est-ce que tu racontes ? Parle plus fort, que je t'entende.

Elle lui dit ce qu'elle pense :

— Ma maman m'aime.

L'homme hoche la tête d'un air funeste et la regarde droit dans les yeux.

— Avant, sûrement, mais maintenant, elle ne veut plus de toi. Arrête tes bêtises et viens t'asseoir ici. Je ne vais pas te mordre.

Sa voix est dure comme celle d'un monstre, la fillette est forcée d'obéir. Elle lâche le rebord de la fenêtre, traverse la pièce à pas lents et s'assoit tout au bout du lit.

— Bien, on se comprend, achève-t-il. La prochaine fois, tu feras tout de suite ce que je te dis. Sinon, je risque de me lasser, moi aussi.

Il pose une main lourde sur son épaule et tente de lui faire une caresse paternelle. Le dos de la petite frémit d'horreur.

— Réponds : « Oui, papa. »

L'homme qui prétend être son vrai père ment comme il respire. Tout ce qu'il dit est le contraire de la vérité, tout ce qu'elle lui répond peut donc aussi l'être. Il lui pince la nuque pour lui extorquer les paroles attendues. *Non, pas-papa.*

— Oui, papa.

25

Kouplan a l'impression d'avoir raté quelque chose.
Il croyait réussir dans ce nouveau rôle, il pensait qu'une mission suffirait à refaire de lui cet esprit affûté qu'il a été. Comme avant son départ. Comme aux yeux de son frère. Mais ses conditions de vie perturbent ses fonctions cérébrales, et il a beau apprécier de se concentrer sur autre chose que son statut, le fait même d'être diverti le terrifie. Il suffirait d'une seconde d'inattention au mauvais moment. Ses raisonnements lui semblent encerclés de barbelés, il n'arrive pas à atteindre ses propres pensées. *Comme si ma tête refusait d'obéir.*
Il repart à Akalla, non pas parce que ses déductions l'y conduisent, mais parce qu'il n'a pas de meilleure idée. Attendre le coup de chance à Hökarängen n'est vraiment pas rentable. Impossible de rendre une seconde visite à l'ex-mari de Pernilla. Quant à Tor, il a été très explicite : l'aide qu'il peut apporter à Kouplan est strictement délimitée par le secret confessionnel. Kouplan pourrait retourner chez le pasteur. Il pourrait l'asticoter plus que de raison et voir si un détail apparaît sous les coutures… Soudain, la porte de

l'immeuble du Sibeliusgång s'ouvre et le gigantesque Chavez en sort.

Portant son sac en bandoulière, il se dirige tout droit vers la salle de gym. Kouplan, qui le suit à une distance raisonnable d'environ cinquante mètres, le voit entrer par la porte vitrée. Ensuite, c'est à nouveau la corvée : traîner sans rien faire. En plein été, soit, on peut rester assis sur un banc pendant plusieurs heures sans attirer l'attention, mais à la fin du mois d'octobre, ce genre d'activité paraît rapidement suspecte. Kouplan s'appuie contre un mur : un drogué qui attend son dealer. Il s'accroupit au sol : un sans-papiers sans abri. Il se relève. Finalement, il sort son téléphone et fait semblant de lire quelque chose de passionnant. Il passe le doigt sur l'écran de son Ericsson T610 comme s'il avait accès au journal *Aftonbladet*, au jeu Angry Birds et à son mail, au cas où quelqu'un l'observerait, par exemple par la fenêtre. L'écran qui luit sous ses yeux était le summum de la technologie en 2003, comme le lui indique le logo de son réseau *Tele2/Comviq* en 128×160 pixels.

Chavez ressort après cinquante-cinq minutes – sans sac – et traverse la rue en biais, sans se soucier de la circulation. Il agite un emballage en plastique et boit le liquide qu'il contient, prenant la direction du métro, où il passe son titre de transport sur le lecteur et s'engouffre sous terre. Filer Chavez en banlieue est un jeu d'enfant, mais pas à Stockholm intra-muros. « Souviens-toi que c'est là où tu te sens le plus en sécurité que tu es le plus vulnérable. »

Chavez se rend à Mariatorget, ce qui implique un changement de ligne. Kouplan doit descendre deux fois d'un train en prenant un air aussi insignifiant et blasé que possible. Heureusement, c'est un art dans lequel il excelle désormais.

La Mariatorg, une petite place coquette du quartier bohème de Söder, est pour Kouplan l'endroit le plus effrayant du monde. Il y a d'abord la Hornsgata, bordée de petites merceries et de cafés, où les jeunes gens déjà vêtus de gilets refont le monde. Plus on avance vers le nord, plus les boutiques deviennent pittoresques. Les rues adjacentes mènent à de charmantes impasses qui, en haut de la butte, débouchent sur un magnifique panorama de la ville. Et juste à la sortie du métro Mariatorget, côté Torkel Knutssongata, se trouve un gros commissariat.

Kouplan se demande si Chavez partage ses appréhensions. Ce dernier choisit en tout cas l'autre sortie et fait un détour pour arriver à destination. Une fois devant l'immeuble où il s'apprête à entrer, il lance un dernier coup d'œil aux alentours. Kouplan plonge dans une rue perpendiculaire et attend un instant. Quand il ose à nouveau se montrer, Chavez a disparu. Peu importe, Kouplan sait où il est.

La rue ne fait que quelques mètres de large et possède deux commerces : une pharmacie et une galerie. Debout devant une vitrine, Kouplan est extrêmement repérable, et s'il entre dans une boutique, il ne verra plus très bien la façade de l'immeuble. En repartant, Chavez risque de reconnaître le gamin de l'ascenseur. Et si – comble du malheur – Kouplan croisait un agent de police en route pour le commissariat, il risquerait de se faire contrôler et n'aurait alors que deux directions de fuite. Il déambule devant l'immeuble – un piéton quelconque – s'arrête, sort son téléphone comme s'il venait de recevoir un SMS et jette un discret coup d'œil à la fenêtre, mais n'y perçoit aucun mouvement. Il reprend son chemin – un citoyen parfaitement ordinaire – entre dans la pharmacie et en profite pour s'y réchauffer. Dorénavant, les détectives accompliraient la plus grande partie de leur travail sur Internet, c'est du moins ce qu'il a lu dans un article. Cela reste à démontrer.

Chavez achète de la chique. Chavez crache sur le passage piéton, puis sur le trottoir. La troisième fois, il manque de peu un chien – les stéroïdes anabolisants stimulent-ils la sécrétion de salive ? Chavez téléphone, d'abord pour prendre rendez-vous chez son coiffeur, puis pour parler à un copain. Ou à un collègue, difficile de le savoir, Kouplan ne saisit que des fragments de conversation : « Ah ouais ? Tu fais quoi ? », « Nan, je suis passé chez le boss et… », « Oui, oui, oui… ». Kouplan note le rendez-vous chez le coiffeur qui peut être un message codé signifiant autre chose et *le boss*. Voilà, jusque-là, ce qu'il a obtenu de plus concret sur le fameux MB.

Chavez crache sur un passage piéton et jette un coup d'œil en arrière. Kouplan frémit. Il évalue le rapport entre leurs masses musculaires respectives, sans doute de l'ordre d'un tiers, puis se glisse dans un kiosque de type « trou dans le mur » – ce qui s'avère complètement idiot. *N'entre jamais dans un espace confiné si tu ne connais pas d'avance la sortie de secours*, lui assène la voix de son frère. Un peu plus loin, Chavez est censé continuer à marcher, passer le restaurant italien et le magasin d'électronique, mais il n'en fait rien. Il se retourne. Kouplan, qui l'observe à travers les lettres collées sur la vitrine du kiosque, ne le discerne que trop clairement. Chavez, sur le qui-vive, avance comme au ralenti vers le kiosque, qui ne possède aucune sortie de secours. « Allez, réfléchis ! se dit Kouplan. Plus vite que ça ! Comme quand tu étais à la frontière ! »

La clochette tinte et la musculature de Chavez remplit le trou dans le mur comme une éclipse de soleil. Ils se retrouvent à trois sur une surface de deux ou trois mètres carrés bourrée de barres chocolatées et de tickets de loterie. Kouplan, face à la vendeuse, tourne le dos à Chavez, lui exposant sa maigre nuque, nettement plus fragile, songe-t-il, qu'un haltère ou qu'une barre d'entraînement.

— Elle est à la framboise ? piaille-t-il en pointant du doigt une sucette.

Dans une atmosphère tendue, le regard de la jeune fille au comptoir fait des allers et retours entre Kouplan et Chavez, puis elle secoue lentement la tête.

— Non, à la cerise.

— Oh… Je déteste la cerise ! Bon, alors, je prends ça.

Il lui montre un sachet de fraises. Derrière lui, cent cinquante kilos de stéroïdes anabolisants attendent.

— Et un paquet de Marlboro rouge pour mon père, dit-il en lançant un regard inquisiteur à la jeune fille.

Ça marche.

— Tu as ta carte d'identité ?

— C'est pas pour moi, c'est pour mon père.

— Il n'a qu'à venir les acheter lui-même, alors.

Tout à coup, dans la boutique, la lumière revient et un courant d'air automnal s'engouffre à travers la porte qui tinte. La jeune fille lance un regard compréhensif à Kouplan.

— Tu es un grand garçon, c'est ça ?

Kouplan hausse les épaules avec le sourire arrogant du gamin de douze ans dont il espère avoir efficacement endossé le rôle. Puis il gazouille de sa voix de soprano :

— Qui ça ?

Son frère serait fier de lui. Premièrement : il a survécu. Deuxièmement : il a mis ses propres faiblesses à profit. Tout le monde n'est pas doté d'une voix d'enfant de cinquième ni du physique du petit frère de Darin Zanyar. On peut en vouloir à la génétique, ou l'utiliser à ses fins.

Grâce à son intelligence décidément pénétrante ce jour-là, il pense à un truc. *Le boss*, lit-il dans son cahier. Quelques pages avant, il retrouve l'adresse. Il pourrait, certes, remonter jusqu'à Chavez en suivant la piste de ses crachats, mais la plus grande partie du travail de détective ne se déroule-t-elle pas sur Internet ?

De retour dans sa chambre, il démarre son ordinateur, qui, telle une machine à vapeur centenaire, pousse des râles. Après une ou deux minutes, le logo de Windows apparaît. C'est alors qu'on frappe à sa porte.

Cela n'est quasiment jamais arrivé. Si Regina souhaite lui parler, elle attend généralement qu'il passe à la cuisine. D'ailleurs, les coups sont faibles et semblent frappés à hauteur de hanche. Kouplan ouvre.

— Bonjour, Liam.

190

Le garçonnet lève la tête vers lui en clignant des yeux. Il a quelque chose d'important à lui dire, mais il a un peu de mal à se lancer.

— Qu'est-ce que tu veux ?

— Tu sais quel jour c'est, demain ?

Kouplan le sait. Le lendemain, il lui restera un an et un mois avant de pouvoir refaire une demande d'asile – si les règles ne changent pas entre-temps.

— Le 1er novembre.

— Mais tu sais QUEL JOUR c'est ?

Manifestement, non.

— Non.

— Mon anniversaire !

Radieux, Liam sourit de toutes ses dents et ses longs cils blonds papillonnent. Seule une veille d'anniversaire peut provoquer une pareille joie.

— Ah bon ! s'exclame Kouplan. C'est super, ça.

— Je me suis dit que tu voudrais le savoir, poursuit Liam en piétinant sur le seuil. Comme ça, tu ne verras pas les autres avec leurs cadeaux sans en avoir un.

— C'est vrai, ce serait très gênant, dit Kouplan, amusé.

Mais Liam ne l'entend pas, car il traverse le salon en bondissant au rythme d'une chanson qu'il vient d'inventer pour son anniversaire. « Le 1er novembre, quelle super journée », disent les paroles.

Si l'insouciance du garçon semble familière à Kouplan, c'est qu'il a dû la vivre dans le passé.

En ouvrant son navigateur, il pense à Julia, qui a déjà six ans. Il ne l'a jamais rencontrée, mais il a l'impression de la connaître un peu : son état d'esprit n'est pas le même que celui de Liam. Tellement sage que même une bibliothécaire ne la remarque pas, elle accompagne sa mère à l'église ou reste à la maison et… Qu'y fait-elle ? Elle regarde la télé ? Il griffonne la question. Peut-on effrayer un enfant au point de le rendre calme ?

Il tape une adresse sur Internet. Dans l'immeuble où est entré Chavez, il y avait douze noms, dont neuf, typiquement suédois, se terminaient en « -son » et l'un commençait par un « von » allemand. Le onzième était un certain Morgan Björk. Le cœur de Kouplan fait un bond. MB, les initiales les plus courantes de Suède ?

Le dernier nom de la liste, en revanche, lui rappelle son enfance.

26

Classe de Kouplan, un million d'années auparavant... Dans la liste d'appel, un nom deux lignes au-
dessus du sien... Il rêve de cours d'éducation civique
et de lectures à voix haute. Il a huit ans, il est animé
par une insatiable curiosité. Soudain, il se réveille en
sursaut dans un pays étranger. La terreur le saisit, deux
yeux le dévisagent, il hurle, il ne peut plus s'arrêter.
Liam hurle aussi, une cacophonie de hurlements
déchire l'appartement jusqu'à ce que Regina entre en
trombe dans la chambre.

— Liam ! Tu n'as pas le droit de venir ici, je te l'ai
déjà dit !

Kouplan tente d'apaiser son organisme qui, un
instant auparavant, hésitait entre fuir et se protéger.
Fausse alerte, cher corps. La lèvre inférieure de Liam
tremble ostensiblement.

— Mais c'est mon anniversaire.

Regina fait un sourire d'excuse à Kouplan, caresse
la tête du garçon et lui explique que même quand c'est
son anniversaire, on n'a pas le droit d'entrer à l'improviste chez un sous-locataire.

193

— Si tu as un paquet pour moi, on les donne au petit déjeuner, déclare Liam.

Regina a un rire gêné.

— Kouplan n'a pas besoin de te donner de cadeau, tu en auras plein de toute façon.

Kouplan a l'impression d'être emmailloté comme une momie. Si Liam, dans toute l'imprévisibilité de ses six ans, avait la mauvaise idée de lui arracher sa couette, il se retrouverait à moitié nu, alors il la retient.

— J'arrive.

Il fait le tour de ses possessions : trois changes de vêtements, un ordinateur de l'âge de pierre, deux crayons et un briquet. Les honoraires versés par Pernilla lui ont permis de payer deux mois de loyer, d'acheter de la viande et d'économiser pour une carte de transport le mois suivant, mais il n'avait pas prévu de dépense pour un cadeau d'anniversaire. Toutefois, il possède également une sorte d'argent qui ne peut rien acheter…

À la cuisine, on lui propose du pain grillé et du Coca-Cola pour le petit déjeuner.

— On mange ça seulement quand il y a un anniversaire, lui explique Liam avant de croquer dans une tartine fumante.

Sa petite sœur lèche le beurre étalé sur la sienne. Kouplan dépose son cadeau, un paquet minuscule, enveloppé dans un sachet bleu ciel du bureau de presse. Pendant que sa tranche de pain blanc brunit dans le grille-pain, il regarde Liam arracher l'emballage, manquer de renverser son soda et rester bouche bée.

— De l'argent !

194

Regina se penche sur les pièces.

— Ouah... De la monnaie iranienne !

Liam les examine une par une.

— Ça, c'est cinq cents, explique Kouplan, et ça, cent. Ça aussi. Ça fait sept cents rials en tout !

Liam, six ans, propriétaire de sept cents rials, bondit sur sa chaise. Comme Julia le devrait aussi, au lieu de... Enfin, de ce qu'elle est en train de faire. Si elle a vraiment été kidnappée. Ou qu'on est venu la chercher. En réfléchissant aux remarques de Pernilla sur le mauvais fonctionnement de sa mémoire, Kouplan a l'impression qu'elle refoule quelque chose d'important.

Regina lui chuchote à l'oreille :

— Ce n'est pas trop d'argent, au moins ?

Kouplan sourit :

— Environ quarante centimes.

L'enlèvement de Julia est une construction fondée sur les fragments rassemblés par Kouplan : la mauvaise mémoire supposée de Pernilla, le vocabulaire qu'elle a employé quelques jours auparavant, quand elle croyait que Julia était morte, le fait qu'elle doive la « laisser partir ». Il est possible que les services sociaux soient venus la récupérer et que Pernilla ait refoulé l'événement. Cela expliquerait tout, ou presque. Car il faut souffrir de troubles psychiques graves pour parvenir à refouler une chose pareille. En tant que fils d'une psychologue, Kouplan n'ignore pas l'existence de ce genre de déséquilibres. De plus, Pernilla a déjà séjourné en hôpital psychiatrique. Elle porte des marques de lacération sur les bras et son regard a quelque chose de singulièrement fuyant. S'il appelait les services sociaux, il apprendrait sans doute qu'ils sont eux aussi tenus au secret professionnel.

Deuxième théorie : *Qui est le père de l'enfant ?* lit-il dans son cahier. La réponse n'est pas si claire qu'il y paraît. La première fois qu'il a mis le sujet sur le tapis, Pernilla a pris la mouche. Quand il l'a questionnée sur Tor, elle a éclaté de rire avant de retrouver son air fuyant habituel. Une partie d'elle semble constamment sur le point de détaler. Que cache-t-elle ?

La troisième théorie concerne Pernilla elle-même, et Kouplan la trouve parfaitement atroce. Alors qu'il essaie justement de se forcer à l'envisager, Pernilla l'appelle, comme pour l'interrompre.

— Je n'ai pas fermé l'œil de la nuit, annonce-t-elle.

— Pourquoi ? demande bêtement Kouplan.

En effet, qui réussirait à dormir après la disparition de son enfant ?

— Je suis peut-être parano, mais… je ne trouve plus rien, quand même. Je peux te montrer l'écrin où je gardais sa mèche de cheveux. Quelqu'un l'a prise, et l'idée qu'il revienne m'empêche de dormir.

— Tu as peur ?

— Non, j'attends. J'espère. S'il revient, je le prendrai sur le fait. Je reste éveillée pour me tenir prête.

Kouplan songe à sa théorie atroce. Elle ne tient pas debout, car si Pernilla était elle-même à l'origine de l'enlèvement, elle n'engagerait pas un détective pour retrouver sa fille. En revanche, il serait logique qu'elle fasse disparaître toutes les preuves de son existence.

— Je vais examiner l'écrin, propose-t-il. Je pourrai peut-être y relever des empreintes.

196

Pernilla approuve, ce qui contredit la théorie atroce, mais Kouplan ne l'élimine pas pour autant. « Il ne faut jamais tourner le dos à sa plus grande peur, pas avant d'avoir liquidé ses comptes, obtenu le tampon officiel et les clés du paradis », disait son frère.

— Le type que tu as croisé en promenant le chien…, dit-il.

— Oui ? demande Pernilla pendant que Kouplan réfléchit à sa formulation.

— Il est comment ?

— Ce n'est pas lui, répond rapidement Pernilla. Il ne ferait jamais une chose pareille.

— Très bien, mais il est comment ?

— Gentil. Assez drôle, enfin, on a le même sens de l'humour, lui et moi. Ça ne peut vraiment pas être lui. Un jour, il pleuvait, et il m'a abritée sous son parapluie. En se mouillant lui-même.

— Et il n'a jamais rencontré Julia ?

— Il ne lui a jamais parlé.

Kouplan en déduit que Pernilla a dû rencontrer l'homme au chien de race croisée à un certain nombre d'occasions.

— Alors Julia était souvent seule à la maison, conclut-il.

— De courts moments, précise Pernilla. Une vingtaine de minutes, le temps de faire la promenade du soir. Parfois, elle dormait déjà.

Sa mauvaise conscience affleure entre les excuses. En vingt-quatre heures, cette mère célibataire a laissé sa fille endormie seule à la maison pendant vingt minutes. Que se trame-t-il dans l'esprit d'une enfant cachée qui n'a le droit de parler à personne ? Sur un coup de tête, Kouplan laisse de côté la théorie atroce qui présuppose que Pernilla n'aimerait pas son enfant.

— Julia *savait* lire et écrire ?

Il se mord la langue, pourtant Pernilla n'a pas remarqué l'emploi du passé.

— Oui, assez bien. Il y a des livres qu'elle arrive à lire toute seule. Pourquoi ?

— Elle sait utiliser l'ordinateur ?

— Pas vraiment. Enfin, elle me regarde travailler. Je fais surtout de l'assistance téléphonique, mais je me sers aussi du mail.

— Tu reçois des coups de fil professionnels, le soir ?

— En théorie, c'est possible, mais le service est destiné aux entreprises, et elles sont rarement ouvertes après une certaine heure.

— Et si quelqu'un appelait le soir ?

— Julia ne répondrait pas.

Pernilla a coupé court sitôt la question de Kouplan prononcée. Julia ne décrocherait pas, se dit-il, tout comme Liam n'entrerait pas dans sa chambre quand il dort. Mais ils n'ont que six ans.

— Je ne peux pas rester ici sans rien faire, dit Pernilla. Je peux t'aider ? S'il te plaît... Donne-moi des instructions, je les suivrai.

Kouplan charge Pernilla de surveiller Hökarängen. Chavez n'y est jamais allé, mais il est possible que Kouplan se trompe à son sujet. C'est peut-être à Hökarängen que le ravisseur de Julia prend du bon temps en toute insouciance. Un œil averti pourrait l'apercevoir.

— Devant le métro ou le supermarché, suggère-t-il. Je viendrai te retrouver plus tard.

— Je dois juste attendre ?

— Et essayer de te rappeler des choses. Et les noter.

— J'ai déjà écrit à peu près cinq pages. En plus, je ne sais pas très bien ce que je cherche.

— Les souvenirs les plus difficiles.

Silence au bout du fil. Après un moment, Kouplan jette un coup d'œil à son écran pour vérifier que son téléphone marche encore, puis il entend la voix de Pernilla.

— D'accord.

À peine a-t-il raccroché que deux choses lui reviennent en mémoire. Pernilla répond immédiatement.

— Tu peux te procurer ta liste d'appels ? Surtout les appels reçus. De tout le mois dernier.

— Je vais voir. Je m'en occupe avant de partir.

— Encore une question. L'anniversaire de Julia, c'est quand ?

— Son anniversaire ?

— Oui. Elle est née quand ?

— Le t... trois août.

C'est une réponse, certes, mais cela ressemble étrangement à une suggestion. Kouplan insiste :

— Le 3 août ? Précisément ?

— Oui.

Il garde le silence. Parfois, cela encourage Pernilla à poursuivre.

— Enfin, autour du 3 août, rectifie-t-elle après un moment. C'était tellement chaotique, quand elle est née. Mais c'est ce jour-là qu'on le fête.

Kouplan compte les semaines : quarante en tout en partant du 3 août, six ans plus tôt. Il aurait dû demander à Pernilla ses listes d'appels des sept années précédentes et la permission d'accéder à son mail. Car elle garde peut-être, sans le savoir, une trace digitale de ce qui lui échappe. Il enfile le blouson qu'un ange lui a cédé pour cinquante couronnes, jette un bref coup d'œil par la fenêtre et sort en pensant à ce camarade de classe qui portait le même nom de famille que les gens auxquels il va rendre visite. À l'époque, il était quelqu'un d'autre.

27

« Les souvenirs les plus difficiles. » Pernilla se heurte à la phrase de Kouplan, qui passe en boucle dans son esprit et l'envahit, chassant la mémoire qu'elle est censée retrouver. Elle a huit pages et demie de moments partagés avec Julia, et aucun de ces épisodes n'aidera Kouplan, puisqu'il veut découvrir ce qui lui échappe. Elle a l'impression de chercher l'envers de l'univers.

Il lui a conseillé de penser au temps qui a précédé la naissance de Julia. Il cherche à savoir si elle couchait avec quelqu'un d'autre, elle le comprend. Mais il n'y avait que Patrik dans sa vie, elle en est quasiment sûre. Elle fouille dans ses souvenirs, à la recherche d'actes sexuels qu'elle aurait occultés, mais enfin, si c'était le cas, c'est qu'elle aurait de bonnes raisons de l'avoir fait. Non, personne d'autre ne pourrait être le père de Julia. Cependant, Pernilla est incapable de rendre vraiment compte de ce temps-là, des mois entiers demeurent voilés, incomplets... Kouplan a des réflexes d'employeur, il lui demande d'expliquer les trous dans son CV.

En attendant un quelconque usager à épier dans la station de métro déserte de Hökarängen, Pernilla crayonne. Régulièrement, elle aperçoit du coin de l'œil une fillette blonde de six ans. Chaque fois, il ne s'agit que d'un reflet dans une vitre.

En tout cas, je me souviens des disputes. Un enfant dans le ventre de sa mère ne devrait pas être obligé d'entendre ce genre de choses, il devrait être bercé par les ronronnements du ventre de sa mère ou écouter du Mozart. Patrik était en colère parce que je refusais de laisser les services sociaux décider du destin de Julia. D'après lui, il fallait m'interner à l'hôpital psychiatrique et faire adopter Julia ou Dieu sait quoi. En tant que père, il aurait pu assumer sa part de responsabilité, puisque j'étais instable à ce point. On est tout de même deux à concevoir un enfant. Plus j'y pense, plus je me rappelle le ton qui montait, sa voix de fausset quand il se mettait à crier, mes pleurs. Il restait indifférent à tout ce que je pouvais lui dire. Un enfant dans le ventre de sa mère ne doit pas être secoué par des sanglots. La détresse de sa mère, qui représente tout pour lui, l'angoisse. J'y pensais sans arrêt, j'essayais de rester joyeuse. Finalement, j'ai dit à Patrik de se barrer. J'ai compris qu'il était la cause des disputes.

Autour d'elle, trois personnes se sont assises. Elle relit ses dernières lignes. C'est vrai, ça, elle a tout de même eu le cran d'envoyer paître Patrik. Il aurait d'ailleurs pu lui opposer un peu plus de résistance. Un homme en blouson de cuir noir, grand, l'air maussade, apparaît en haut de l'escalator. Elle observe son reflet dans une vitre, à l'affût du moindre signe qui dévoilerait une activité de kidnappeur, essayant de sentir, comme est censée le faire une mère, l'empreinte de son enfant. Mais elle en est presque sûre : Julia ne se trouve pas à Hökarängen.

Pelle Chavez, irrité, hisse une fois de plus la barre avec un grognement d'effort, puis se lève du banc de musculation. S'ils le soupçonnent de quoi que ce soit, ils n'ont qu'à venir lui dire, il leur prouvera qu'il est blanc comme neige. Deux fois déjà qu'il remarque ce gamin pendu à ses basques. Il est… disons à quatre-vingts pour cent sûr de l'avoir reconnu. Ça ne l'étonne pas plus que ça, le boss fait parfois surveiller les gens, mais il le vit comme une injure.

En plus, le gringalet ne doit pas avoir plus de seize ans. Mince comme un fil. Étant donné le *business model* de MB, il peut s'agir d'un import direct, une espèce d'apprenti jetable et remplaçable qui n'a d'autre choix que de rester loyal. Il est tellement chétif que Pelle pourrait le pousser à la renverse d'un seul doigt. Le gamin en mourrait sur le coup.

Toutefois, remettre en question la politique du boss peut s'avérer périlleux. Chavez se positionne sur une autre machine. Il gagnerait peut-être des points en faisant remarquer à MB que son morveux le suit. Ça signifierait qu'il garde l'œil ouvert. Soit ça, soit il tabasse cette petite vermine la prochaine fois qu'il la croise. Chavez soulève cent quarante kilos en bandant les muscles dorsaux, abdominaux et pectoraux. Il se concentre sur la barre.

Dans le couloir, sous l'œil d'un judas, Kouplan sent une odeur familière, mais il doit rester alerte : la famille qui vit derrière cette porte blindée pourrait être la bande organisée de ravisseurs à laquelle Chavez a éventuellement rendu visite. Kouplan respire et sonne. La serrure cliquette, la porte s'ouvre et le fumet enivrant l'enveloppe tout entier. Non, on ne peut pas être criminel et préparer du *fesenjan*. Deux yeux interrogateurs de la même couleur que les siens le dévisagent. Il tente sa chance.

— *Ba drood*, lance-t-il.

Le nom de famille et les prénoms indiqués à cette adresse sont typiquement persans, sinon il aurait salué l'inconnue d'un *salâm* passe-partout. Elle lui sourit. L'odeur du ragoût de poulet le fait voyager.

— Je cherche Nima, dit-il.

Ce n'est pas un mensonge. Il n'a pas prononcé le nom de son frère tout haut depuis plusieurs années, et les deux syllabes résonnent dans son cœur. En face de lui, la paire d'yeux continue à le dévisager, toujours interrogatrice. Il finit par exprimer ce qu'il ressent :

— Quelle odeur exquise !

Chez les Sohrabi, les parents parlent persan entre eux et suédois avec leurs deux filles, sans doute nées ici. L'aînée a environ quatorze ans et les regards qu'elle lance à Kouplan le mettent singulièrement mal à l'aise. Le ragoût de poulet est un indescriptible délice, le détective a l'impression de manger une portion de paradis.

— Nima..., dit la mère en regardant le père. Tu connais un Nima, toi ?

— C'était un peu tiré par les cheveux, remarque Kouplan. J'ai fait une recherche sur Internet en tapant des noms qu'il a mentionnés, et j'ai trouvé votre adresse.

Les Sohrabi veulent tout savoir : quand Nima a disparu, si la police est prévenue, dans quelles circonstances Kouplan l'a vu pour la dernière fois... Kouplan leur raconte des salades. Peut-être s'en rendent-ils compte. Ils lui demandent tout de même d'écrire son nom complet sur un bout de papier et lui assurent qu'ils le contacteront s'ils en entendent parler quelque part.

— Il n'y a pas de risque, dit Kouplan. Je croyais que vous étiez d'autres Sohrabi.

Il respecte la pause qui précède un changement de sujet, puis il reprend :

— C'est très joli chez vous. Je rêve d'habiter à côté de la Mariatorg.

Pour être plus exact, il rêve de pouvoir s'y promener sans redouter le pire. Les mensonges lui viennent aisément. Pourquoi ne serait-il pas celui qu'il prétend être ? De toute façon, il n'est pas non plus la personne qu'il est censé être.

— On avait le choix entre la Mariatorg et la Medborgarplats, dit le père. Shaghayegh travaille à Södermalm et moi, dans le quartier de City.

Kouplan approuve leur décision, ils bénéficient du magnifique panorama du haut du quartier, et la Medborgarplats n'est pas mieux située du point de vue des transports. La bouche en cœur, la fille aînée se cambre discrètement mais suffisamment pour le gêner.

— Et les voisins, comment ils sont ? demande Kouplan en s'adressant aux trois autres membres de la famille.

Polis, pas désagréables, peut-être un peu distants, répondent les parents à l'unisson. L'adolescente proteste.

— Et ceux d'en haut ?

Shaghayegh fait une grimace ambiguë.

— C'est vrai, nous avons un voisin un peu dissipé.

— Disons, renchérit la fille, qu'il y a beaucoup de passage chez lui.

— Oui, bon..., conclut le père.

— C'est toi qui l'as dit ! s'écrie sa fille, qui profite de l'occasion de devenir le centre d'attention. On n'arrive même pas à distinguer les visiteurs des occupants.

— Et il y a marqué quoi, sur la porte ? demande Kouplan avec le moins d'empressement possible.

— On a le droit de parler à tout le monde sauf à eux, déclare la cadette. Ce sont de mauvaises fréquentations.

Les parents échangent un regard. Le père hausse les épaules.

— Disons qu'on ne les invitera pas à manger du *fesenjan*. À part ça, nous sommes très bien ici.

— Les pauvres ! s'exclame Kouplan en souriant à la mère. Parce que votre *fesenjan* est vraiment divin.

— Reprenez-en !

— Comment vous vous appelez ? intervient la cadette.

Un silence gêné s'abat sur le salon. Ils essaient tous de se souvenir de ce qui a été dit auparavant pour ne pas risquer d'offenser quelqu'un.

— J'ai peut-être oublié de me présenter, déclare finalement Kouplan. Je m'appelle Mehdi. Ravi de faire votre connaissance.

Il a l'impression de se retrouver dans sa propre famille. Sa mère n'est pas une cuisinière aussi experte que Mme Sohrabi, et ses hôtes ne semblent pas discuter politique à tout bout de champ, mais à part cela, cette petite lucarne s'ouvre sur un monde qu'il croyait pour sa part révolu. Voilà pourquoi il s'est soudain rebaptisé Mehdi. Son père peut bien lui prêter son prénom pour quelques heures.

S'arrêtant dans le couloir, il hésite : doit-il grimper les marches jusqu'à l'étage des « dissipés » ou sortir de l'immeuble comme le ferait un visiteur normal ? La fille aînée des Sohrabi l'observe-t-elle à travers le judas ? Sûrement. A-t-il envie de se retrouver nez à nez avec une mauvaise fréquentation ou, selon l'une de ses hypothèses, un criminel endurci ? Pas spécialement, mais un détective n'a pas toujours le choix. Brusquement, il entend du tintamarre au-dessus de lui. Avant même qu'il ait formulé une pensée, ses jambes l'ont transporté en bas de l'immeuble. Il traverse la rue comme s'il avait une course urgente à effectuer à la pharmacie et referme la porte derrière lui, entouré de dentifrices et de publicités pour du paracétamol. Il ne voit quasiment rien à travers la vitrine couverte de buée et d'autocollants. Il laisse donc la porte entrouverte. Sur le trottoir d'en face, un homme s'éloigne à pas vifs, tournant le dos à Kouplan. Difficile d'apprécier la taille de son nez. Juste avant de disparaître au coin de la rue, il remonte son pantalon.

28

Elle n'ose pas dire « berk ».

C'est quelque chose qu'on ne dit pas quand on vous donne à manger, quels que soient les aliments qu'on vous sert – enfin, si on veut être sage. Ou parce qu'on vous terrorise. La fillette mâche son énième cheeseburger. Pour une fois, elle ne le trouve pas si mauvais, mais il a désormais un goût de captivité et de méchants bonshommes. Elle n'arrive plus à imaginer la sensation de l'air du dehors même quand elle regarde par la fenêtre.

— Finis ton repas, ordonne l'homme qui n'est pas son père.

S'il l'avait été, elle aurait dit « berk », mais il n'est le papa de personne. Il prend des enfants. Il lui explique qu'il va s'absenter une semaine et qu'elle doit rester sage.

— Demain, tu vas recevoir de la visite. Tu es une grande fille, maintenant, hein ?

Elle secoue la tête, elle se sent toute petite. « Je ne suis qu'une enfant », aurait-elle dit à son vrai père. Elle ne parvient pas à concevoir ce qui va lui arriver le lendemain, mais elle comprend à la voix de l'homme que ce sera éprouvant.

— C'est important de faire exactement ce qu'il veut, sinon, il risque de se mettre en colère. Tu sais ce qui est arrivé à Iwona ?

Elle voit très bien ce qu'il entend par là.

— C'est important de se taire et de faire ce qu'il veut, répète-t-il. J'espère que tu le comprends.

Il verrouille la porte en sortant.

Vingt et une voitures rouges passent dans la rue. D'autres aussi, bien sûr, mais la fillette ne compte que les rouges. Puis le soir tombe et les couleurs ternissent.

Puis c'est la nuit.

Elle avale sa salive – le goût du cheeseburger ne la quitte plus.

Iwona est une des femmes adultes. Un jour, elle avait du sang sur la figure, mais elle n'a rien dit. Sa joue, d'abord toute violette, est devenue grise. Et un peu verte, et un peu bleue. Quand Iwona a remarqué que la fillette regardait la marque, une grimace a traversé son visage. Elle essayait de sourire, mais n'a pas réussi.

La fillette n'a rencontré Iwona que trois fois, mais elle l'aime bien. De tous les gens de l'appartement, c'est la seule qui soit gentille. Allongée dans son lit, la fillette énumère sur ses doigts tous ceux qu'elle déteste : le bonhomme au nez en patate, le bonhomme qui a un accent, le bonhomme qui prétend être son père, et puis tous ceux qui rendent visite à Iwona et font du remue-ménage dans sa chambre. Pour les compter, il faudrait les cinq doigts de la main. Ils sont

210

encore là, d'ailleurs. On entend des souffles rauques et des coups sur les meubles.

La fillette s'en veut d'avoir suivi l'homme.

Elle a fait exactement le contraire de ce que sa maman lui a expliqué. Elle ne se rendait pas compte que les ravisseurs d'enfants pouvaient être si réels... Elle s'imaginait des monstres, des poivrots aux yeux écarquillés, dégoulinants de bave, qui tendaient leurs mains visqueuses vers elle. En fait, c'était un homme vêtu d'un blouson ordinaire qui lui a fait signe et lancé :

— Tu peux m'aider ?

Avant, elle voyait sa maman au quotidien. Et plein d'autres choses aussi, évidemment. Elles défilent sous ses yeux comme les images d'un diaporama frénétique, mais lui semblent plus lointaines chaque jour qui passe. Parfois, elle fait semblant de se baigner dans sa baignoire, chez elle, et de demander du bain moussant à sa maman.

— Il n'y en a presque plus, répond celle-ci.

La fillette est déçue, elle voulait faire des animaux en mousse à la surface de l'eau. Puis elle se réveille dans la chambre.

Décidément, il n'y a pas plus bête qu'elle. « Tu peux m'aider ? » : voilà tout ce qu'il a eu besoin de dire pour qu'elle se jette entre ses bras. Il lui a saisi la taille et tenu la bouche.

— Non, désolée, je n'ai pas le droit d'aider les inconnus, formule-t-elle dans le noir, comme elle aurait dû le faire ce jour-là.

Elle s'entraîne pour une seconde chance qu'elle n'aura jamais.

Le silence règne maintenant dans la pièce à côté. Les bonshommes bruyants sont partis. Elle n'entend plus Iwona, plus du tout. Une idée terrifiante naît dans son esprit : si elle était morte... Dans le noir, l'effrayante pensée devient tangible : Iwona étendue, blanche, raide comme un bâton. Des filets de sang s'écoulent de ses yeux maquillés et grands ouverts. Iwona, morte de l'autre côté du mur. La mort rampe le long des plinthes, se glisse dans la chambre de la fillette, se faufile sous sa couette qu'elle serre pourtant très fort autour d'elle. Elle a l'impression d'étouffer, sa gorge se noue, son cœur explose, la mort siffle dans ses oreilles. Puis un toussotement. Comme un raclement sec à travers le mur. Ce n'est pas un fantôme. En tendant l'oreille, la fillette a l'impression d'entendre Iwona respirer. Elle sort une main de son cocon. Ses phalanges tapent trois petits coups sur le mur, puis elle attend dans le silence complet. Le temps semble suspendu. Enfin, la réponse : trois légers coups polonais.

« Iwona est à côté », se dit la fillette en se retournant sur le ventre. Elle le pense plusieurs fois, et la mort recule en rampant le long des murs et, peu à peu, se retire. Car il en va ainsi des cauchemars : on peut les refouler. Demain, elle recevra de la visite. Sauf si, par miracle, elle se réveille chez elle, dans son lit.

29

Il y a des rêves dans lesquels on sombre comme dans un puits sans fond. Tout ce à quoi on s'agrippe dans la chute se transforme en poussière et les chances de survie s'amenuisent inexorablement. Enfin, on se réveille. Mais pas ce jour-là. Pernilla, pétrifiée, continue à sombrer, elle sent sa raison s'effriter, se désagréger. Le canapé ne lui offre aucun soutien, peut-être n'existe-t-il même pas, et le lino sur lequel ses pieds reposent ne lui paraît pas particulièrement ferme non plus. Elle tend alors le bras pour attraper la seule chose tangible à laquelle elle puisse se raccrocher, son téléphone, et écrit un message qui ne dévoile en rien l'épouvante qu'elle éprouve : *Tu veux bien passer un moment ici ?*

Après dix longues minutes, Kouplan répond : *Je pars de la Mariatorg, j'arrive.*

Sachant son arrivée imminente, Pernilla a l'impression de fouler un sol un peu plus stable. Elle se rend dans sa cuisine et regarde son garde-manger, sa cuisinière, son frigidaire. Malgré le chaos intérieur dans lequel elle est plongée, elle a compris que ce garçon avait besoin de manger. Se sentant vaguement utile, elle constate que son brouillard mental se dissipe. Derrière elle, l'autre créature réelle de son entourage trottine en remuant joyeusement la queue.

« Décris-moi l'homme que tu as rencontré quand tu promenais Janus », voudrait l'interroger Kouplan. L'incident cache quelque chose d'important, il le sent à la manière dont Pernilla le lui a raconté. « Parle-moi de l'homme avec lequel tu as discuté quand Julia n'était pas avec toi », est-il sur le point de lui demander. Mais lorsque Pernilla ouvre la porte, ses yeux rougis brillent, dévisageant Kouplan comme un conducteur en état d'ébriété dévisage un agent de police. Lorsqu'il lui fait l'accolade, elle ne le lâche plus. Pour finir, il se racle la gorge, gêné. Il n'a constaté aucun effluve d'alcool dans l'haleine de Pernilla.

— Tu as pris quelque chose ?
— Comme quoi ?
— Excuse-moi de te poser la question.
— Je ne me drogue pas.

Le ton est acerbe et Pernilla prend une expression légèrement plus déterminée. Tant mieux, Kouplan la préfère en colère qu'à côté de ses pompes. Pendant quelques secondes, ils se font face dans le couloir.

— Tu veux du cabillaud ?

Pernilla est un paradoxe ambulant, se dit Kouplan pendant que cuisent deux œufs prévus pour une préparation appelée « sauce aux œufs ». D'un côté, la maman suédoise, de l'autre, cet être écorché qu'on

214

imagine facilement filer un mauvais coton. Son gilet bleu clair pourrait avoir un décolleté provocant, ses cheveux blonds pourraient être roses et noirs à la racine et elle pourrait vivre dans un bouge en sous-sol. Il a déjà senti en elle cette tendance, et son impression s'est renforcée lorsqu'il la tenait contre sa poitrine et qu'elle l'a finalement lâché. Elle s'accroche désespérément à la normalité, même quand elle ne la tient plus que par le bout des ongles. C'est une question de survie.

— Décris-moi le mec que tu as croisé quand tu te promenais avec Janus, la questionne-t-il avec témérité.

Il croit détecter une réaction fugitive.

— Il s'appelle Gustav, énonce-t-elle. Il a aussi un chien de race croisée, une femelle. Un peu plus grande que Janus.

Kouplan fait semblant de surveiller les œufs. Elle connaît donc son prénom.

— Je me souviens d'un film, reprend-il. Je crois que ça s'appelait *Le Coup du chien.*

En fait, il sait très bien comment s'appelle le film en question. « Si tu désires apprendre une langue, lui conseillait son frère, regarde des films et lis des livres. » Kouplan connaît par cœur la réplique d'Alexander Skarsgård quand il rencontre Josephine Bornebusch pour la première fois. Pernilla fronce les sourcils.

— Avec Skarsgård, c'est ça ?

— Je crois. C'est peut-être ça que Gustav te fait.

— Le coup du chien ?

Un sourire amusé erre sur les lèvres de Pernilla et disparaît aussitôt, mais entre-temps, il dévoile à Kouplan une nouvelle donnée sur Pernilla et Gustav.

— Il est déjà venu ici ?

Pernilla secoue la tête, effarée.

— Non ! Bien sûr que non, on a seulement…

— Quoi ?

Il a répliqué trop vite, l'interrompant. Pernilla hausse les épaules. Qu'ont-ils « seulement » fait ?

— Je comprends qu'il t'aime bien. Tu es pas mal, lâche Kouplan nonchalamment, lui lançant un compliment sans en avoir l'air. – Elle lui jette un regard méfiant. – Objectivement, je te le promets ! Je dis seulement que ça ne m'étonne pas.

Il observe ses joues rougissantes et se rappelle que son enfant a disparu. Kouplan, qui a perdu plus qu'un frère, sait pertinemment qu'on a parfois besoin de faire une pause dans la douleur et le chagrin, mais la réaction de Pernilla lui semble tout de même peu seyante. Une partie de lui – qu'il ne veut pas tout à fait admettre – la trouve également attirante.

— On a juste pris un café.

Le poisson à la sauce aux œufs accompagné de pommes de terre est un mets à peu près aussi délicat que le poisson pané-purée. Kouplan, qui a pourtant la panse bien remplie de *fesenjan*, en reprend quand même plusieurs platées. Tel un castor, il reconstitue ses réserves.

Pernilla, la vertueuse maman, était pendue à son cou un moment auparavant, sur le point de se rompre. Jusqu'où peut la conduire sa fragilité ? Ou encore : quel mal a-t-elle éprouvé à cacher son enfant, alors qu'un dénommé Gustav lui proposait de prendre un café ?

— Il vous arrivait de vous disputer, Julia et toi ?

216

— Non. – Réponse éclair suivie d'un sourire triste. – Elle était… Elle est tellement joyeuse et… gentille, tout simplement. Elle l'a toujours été, depuis sa naissance. L'empathie dont les gens sont d'ordinaire dénués, eh bien, c'était son plus grand don.

Une telle réponse serait mise en doute par un agent de police. Kouplan ne la trouve pas valable non plus, d'ailleurs. Vraiment pas.

— Mais tu as bien dû lui refuser des choses de temps en temps ? Un enfant, ça s'énerve.

Pernilla secoue obstinément la tête.

— Pas Julia. Elle comprenait.

Kouplan pense à certains régimes politiques, à des dirigeants qui déclarent : « Nous n'avons pas de ça ici. » Leurs prisons deviennent facilement des cimetières.

— Tu as raconté à Gustav que tu avais une fille ?

Si Pernilla répond par l'affirmative, cela signifie qu'elle peut vouloir diriger les soupçons sur Gustav, par la négative, qu'elle devient elle-même suspecte sans le comprendre. Elle fronce les sourcils et croise le regard de Kouplan.

— Tu sais… Je ne crois pas.

Comment une mère peut-elle ainsi taire l'existence de sa propre fille ? Kouplan imagine trois raisons possibles : la peur de se prendre une veste, l'habitude de cacher son enfant en toute circonstance, l'envie de se comporter comme si on n'en avait pas.

— Et vous avez parlé de quoi ?

— Surtout de son entreprise.

Cette réponse ne l'avance pas beaucoup. Il devrait peut-être lui demander franchement pourquoi elle n'a pas mentionné l'existence de Julia, mais jusque-là, les questions directes ne se sont pas avérées efficaces. Elles semblent l'étouffer, elles éteignent une flamme dans son regard. Alors Kouplan n'ajoute rien et se remplit à craquer de cabillaud et de sauce aux œufs. Pernilla a posé ses couverts. Elle garde le silence un moment, puis elle reprend :

— Il va ouvrir une fabrique de marmelade de pommes.

Sous sa couverture ramollie et cornée, le cahier de Kouplan est désormais plein d'oreilles de chien. Les notes en persan, en suédois et parfois en anglais, inscrites dans le moindre recoin, à tort et à travers, reliées par des flèches, composent des motifs dans lesquels Kouplan se retrouve sans problème.

— Qu'est-ce qui est écrit là ? interroge Pernilla.

— Les signalements des personnes que Chavez a rencontrées.

— Et là ?

— La vue depuis la pharmacie de la Mariatorg.

Pas exactement, mais il n'a pas l'intention d'annoncer à Pernilla qu'il la considère comme suspecte. Pourquoi la rembrunir inutilement ? Elle lui montre un autre mot. Il rit.

— C'est du suédois !

— Mais c'est quoi ?

— Tu vois bien ! « Tableaux de perles. »

— « Tablau Pelles » ?

Lorsque Pernilla le lit tout haut, cela ne ressemble pas tellement à « tableaux de perles », bien sûr, mais on ne peut pas reprocher à Kouplan de ne pas systématiquement corriger l'orthographe de ses notes.

— Je ne sais même pas ce que c'est.

218

Pernilla disparaît dans la chambre et revient avec quelques plaques bariolées.

— On enfonce les perles sur les picots et, quand on a terminé le motif, on les passe au fer à repasser. Elles fondent et voilà. Julia a fait ceux-ci.

Des arabesques roses, violettes, rouges ou bleues.

— Ce sont ses couleurs préférées ? C'est très joli.

En général, quand on commente la création artistique d'un enfant de six ans, on fait preuve de tact mais, dans ce cas, les motifs symétriques, réguliers et soigneux des tableaux sont vraiment ravissants.

— Tu l'as aidée ?

— Je lui ai juste montré comment s'y prendre. Ceux-là, elle les a composés toute seule.

— Ouah !

Pernilla prend une expression de fierté. Son émotion est palpable. Des larmes affleurent au coin de ses yeux. Comment peut-il la soupçonner, alors qu'elle l'a elle-même engagé ? C'est complètement dément.

— J'en ai d'autres, mais je…

Sa voix tremble. Kouplan n'a pas besoin d'en voir plus.

— Tu avais noté des choses, n'est-ce pas ?

Pernilla a rédigé huit pages et demie dans une écriture manuscrite dense, en déportant les dates dans la marge.

— J'ai essayé d'écrire à l'ordinateur, mais ça marchait mieux à la main. Tu arrives à me lire ?

L'écriture soignée de Pernilla est celle d'une enfant sage. Les lettres penchent dans toutes les directions. En première page, Kouplan lit : *Une pluie bizarre tombait le jour où on a enlevé Julia.* Les dates dans la marge remontent le fil du temps, puis on revient brusquement à la semaine précédente avant de sauter à un mois de janvier, puis de juillet. Soudain, Julia apprend à ramper ou à marcher. Le texte se présente sous forme d'anecdotes ou d'autocritique.

— Je vais le prendre avec moi pour le lire à tête reposée.

— Merci.

— Pas de quoi.

— Je suis sincère, dit Pernilla. Merci de…

Elle prend la main de Kouplan dans la sienne, lui réchauffant le cœur. Dès lors, le sang de Kouplan se répand comme une traînée de poudre à travers son corps en diffusant le message : « Contact épidermique ! » Kouplan se demande si Pernilla est consciente de l'effet que provoque son geste. Quand elle le regardera, il devra faire un effort pour ne pas détourner les yeux – et tout cela sans avoir bu une goutte de vin.

— Je ne sais pas si tu as vraiment vingt-huit ans, poursuit-elle. Physiquement, tu as plutôt l'air d'en avoir douze, mais mentalement, on dirait que tu en as cent.

Le soir est tombé – discerne-t-elle les rougeurs sur son visage ? Il émet un petit rire pour faire passer sa gêne.

— Il y a un proverbe persan qui dit : « Ne te laisse pas berner par la grosseur du poivre, il est petit mais quand même assez fort. »

— Dis-le en persan.

Confus malgré ses cent ans d'âge mental, il obéit :

— *Felfel nabin che rize, beshkan bebin che tize.*

220

Elle sourit, peut-être comme lorsqu'elle prenait un café avec Gustav.

— *Falafel biché risé, beshka bébine chatouillée.*

Comparée au persan de Pernilla, l'orthographe suédoise de Kouplan est plutôt bonne.

30

Il fait un noir d'encre dans la maison, derrière la
barrière et la grille de fer forgé, à l'exception seulement d'un coin de la bibliothèque où un lampadaire
éclaire le fauteuil de Tor. Sur une table ronde, devant
lui, s'entassent des paquets de photos répartis dans des
pochettes vertes en papier, marquées Fuji. Tor a ouvert
un album photo sur ses genoux. Il s'agit de l'« époque
de Sofia » : processions de la Sainte-Lucie, photos
de groupe, mariage, baptêmes. Depuis dix minutes,
enfin, peut-être – le temps devient imprécis dans
l'obscurité –, il scrute un cliché d'une réunion paroissiale à travers ses lunettes de lecture. On y a immor-
talisé un élégant violoniste brandissant son archet. On
devait certainement célébrer quelque chose… Tor a
oublié quoi, mais il se souvient de la femme blonde
assise à une table à droite de l'image. Tout au bord
du cadre, sa joue paraît étirée. Impossible de ne pas la
reconnaître : Pernilla.

C'est vraiment étrange qu'un garçon dénommé…
Coupant ?… soit venu le voir chez lui pour l'interroger
sur Pernilla. Le silence professionnel de Tor lui cause
très rarement des scrupules – il ne l'a pas choisi, pas

223

plus qu'on ne choisit de vivre –, mais cette fois-ci, il aurait peut-être dû se montrer un peu moins orthodoxe. Trois mots auraient suffi, et le jeune homme serait reparti avec une réponse. Enfin, le secret confessionnel a ses raisons. Tor est directeur de conscience, et si Coupant avait eu besoin de ses conseils, il aurait été ravi de lui rendre ce service, mais il n'a pas le droit de révéler les fidèles les uns aux autres. Il fait une prière muette au Seigneur, Lui demandant s'Il est d'accord, mais Celui-ci s'avère, comme à Son habitude, un peu trop céleste pour lui accorder le privilège d'une réponse directe.

Le pasteur caresse du pouce la joue étirée de Pernilla et regrette de ne pas avoir pu faire davantage pour l'aider. Avait-elle besoin d'une autre oreille que celle d'un prêtre ? Enfin, c'est tout de même à lui qu'elle s'était adressée. Certains agneaux laissent à leur pasteur, même parti à la retraite, des souvenirs impérissables.

Il range la photo dans l'album, où elle ressemble soudain à toutes les autres. Seul Tor et quelques rares personnes auxquelles Pernilla aurait décidé de faire confiance connaissent la vie compliquée de cette blonde ordinaire. Il espère que Coupant saura faire bon usage des quelques paroles qu'il lui a confiées avant son départ, afin qu'il les emporte avec lui et les médite. Seulement, il n'a pas l'impression de les avoir spécialement bien choisies.

Dans une petite chambre en sous-location de la banlieue de Hallonbergen, il fait un noir d'encre. Le plus souvent, on l'appelle simplement « la chambre ». Elle est d'ailleurs répertoriée en tant que telle dans

224

les fichiers de la caisse d'allocations qui attribue aux heureux élus des aides au logement. Il fait un noir d'encre hormis dans un coin du lit de Kouplan, où une lampe de chevet éclaire une liasse de pages manuscrites. Kouplan cligne des yeux, s'efforçant de se concentrer malgré la fatigue. Il s'est assigné la tâche de trouver dix questions pertinentes avant de s'endormir. Il en a trois.

Ayant trié les épisodes dans l'ordre chronologique, il découvre la vie de Julia depuis son plus jeune âge. À la fin d'un passage, Pernilla écrit : *Les enfants de moins de six ans entrent gratuitement à Skansen. L'année prochaine, il aurait fallu lui acheter un ticket.* Malgré ses yeux qui piquent, Kouplan se force à relire la phrase : *L'année prochaine, il aurait fallu lui acheter un ticket.* D'où lui vient cette impression que Pernilla n'a pas envie de voir grandir sa fille ?

Il cligne des yeux avec insistance et note une question un peu extravagante – de toute façon, il est loin d'en avoir dix :

4. P. appréhendait-elle que J. grandisse ?

En la relisant, il la trouve finalement assez justifiée. Que se serait-il passé au moment où Julia aurait dû commencer l'école primaire – sans numéro d'identité ?

Julia apprend à marcher dans la cuisine. Julia arrête de sucer sa tétine. Julia rencontre un cygne, Pernilla est terrifiée, elle croit immédiatement que quelqu'un l'a enlevée. Qui ?

5. De qui P. protégeait-elle J. ? De quoi P. avait-elle peur ?

Question pertinente.

Julia et Pernilla se promènent à Skansen, s'assoient sur le grand cheval de Dalécarlie et parlent de papas.

Julia parvient presque à caresser un écureuil. Elle prononce ses premières paroles. Pernilla et Julia font de la peinture à l'eau et Julia dévoile un sens inné des couleurs. D'après sa mère. Elles empruntent des livres de la série *Alphonse* à la bibliothèque. Julia insiste longtemps pour qu'elles se procurent un chien. Le jour de ses six ans, sa mère lui en offre un que Julia baptise Janus.

6. *Julia ne fréquentait-elle que des animaux ? Jamais d'êtres humains ?*

7. *Quelle est la hauteur des chevaux de Dalécarlie ?*

8. *Pernilla a-t-elle conservé les peintures à l'eau ?*

Il note ses questions au petit bonheur la chance, les pupilles tourmentées par le manque de sommeil accumulé depuis plusieurs jours. « Dix questions sur le texte » est une technique que son frère lui avait enseignée et qui fonctionne parfois inconsciemment. Il faut écrire ce qui vient à l'esprit, dans toute sa simplicité, dans toute son apparente insignifiance. Après huit pages et demie de lecture, une interrogation cruciale s'impose :

9. *J. ne se mettait jamais en colère ?*

Kouplan a du mal à le croire. Les seuls enfants qui ne se mettent jamais en colère sont victimes soit de malnutrition, soit de dépression. Pernilla a dû refouler les mouvements d'humeur de sa fille. C'est malheureux, car ils auraient pu constituer de précieux indices. Au lieu de rédiger sa dernière question, Kouplan envoie un SMS à Pernilla : *Écris encore !*

Kouplan se brosse les dents en clignant des yeux, les paupières brûlantes.

226

Tor se brosse les dents, puis se gargarise au bain de bouche Colgate.

En recrachant le dentifrice, Kouplan pense à la salle de bains bleu ciel de Pernilla.

En recrachant son bain de bouche, Tor pense aux contraintes qu'impose la direction de conscience à la vie d'un pasteur.

Kouplan songe à la petite brosse à dents dans le gobelet, chez Pernilla.

Tor songe au moment où il a pris conscience de ce que lui disait Pernilla.

Kouplan anticipe le soulagement que son corps va éprouver quand il s'endormira. Il met son réveil pour ne pas dormir pendant plusieurs jours d'affilée et se glisse sous sa couette, plein de gratitude envers son matelas de mousse et les lattes de son sommier.

Tor vérifie que la porte est bien verrouillée. Son regard se perd pendant quelques secondes dans la noirceur de la nuit de novembre. Il a fait ce qu'il a pu, se dit-il en retournant dans sa chambre à coucher. Il a écouté une âme difficile à sonder. Il se glisse sous son duvet en se disant que Dieu pardonne à ceux qui s'efforcent de faire le bien.

Ils éteignent tous deux leurs lampes de chevet au même instant.

31

Le temps est venu d'enquêter sur Morgan Björk. Kouplan sort du métro à la station Mariatorget, parmi des centaines de personnes, toutes affairées à leurs tâches matinales, dont la moitié sont sûrement des policiers. Cela dit, à 8 heures du matin, ces derniers ont autant de sable dans les yeux que n'importe quel citoyen lambda, et s'agrippent eux aussi à des gobelets de café tiède.

Morgan Björk a peut-être seulement la malchance de porter les initiales MB. Il pourrait n'avoir aucun rapport avec Julia ni Chavez et se consacrer à tout autre chose qu'à un obscur commerce de femmes. Kouplan n'est même pas sûr qu'il habite en haut de l'immeuble des Sohrabi. Dans son cahier, il a néanmoins noté *le boss*, *mauvaises fréquentations* et *visite de Chavez*.

À part cela, rien ne colle dans cette histoire.

Kouplan n'a pas l'intention de sonner à une quelconque porte. Il ne compte pas non plus traîner sur le trottoir ni entrer dans la pharmacie aux vitres bariolées.

En s'approchant de l'immeuble, il se rend compte qu'il n'a aucun plan d'action précis. Face à lui, un homme avance, vêtu d'un béret basque et d'une veste en laine. Kouplan ne peut pas s'arrêter. L'homme pourrait être un associé de MB, un copain ou une espèce de client. Ou encore un espion. Peut-être porte-t-il ce béret pour se donner l'air aussi peu criminel que possible. Il pourrait même, en poussant le raisonnement, appartenir à la police des frontières. « Vite, Kouplan, réfléchis ! Tu as une fraction de seconde ! » Il opte pour la pharmacie et tire nonchalamment la porte, mais ne parvient pas à l'ouvrir. Il réessaie. L'homme au béret lui jette un coup d'œil.

— Ça ouvre à 9 heures, l'informe-t-il sèchement en tournant une clé dans la serrure voisine.

Kouplan a juste le temps de se glisser, avant que la porte ne se referme, à l'intérieur de l'immeuble d'en face.

Dans la cage d'escalier, nul effluve de *fesenjan*. Cela sent plutôt la pierre de taille et le produit nettoyant parfum citron. Sur les portes, des noms aux consonances nobles : « Larsdotter », « Kleve ». Kouplan monte au premier étage, frémissant à l'idée que des policiers puissent habiter à cette adresse proche du commissariat. Il adopte une démarche citoyenne en se disant qu'il aurait mieux fait d'apporter une liasse de journaux du quartier au lieu des huit pages manuscrites de Pernilla. Un mec qui gravit des étages à pied avec une liasse de quarante journaux sous le bras n'apparaît pas suspect. Cependant, les Kleve et les Larsdotter restent silencieux. Personne n'ouvre brutalement sa porte blindée pour prendre l'intrus au dépourvu.

Les occupants sont peut-être déjà en route pour leur lieu de travail.

Au troisième étage, un petit carreau rectangulaire un peu en retrait donne sur la rue. Kouplan se demande comment s'appelle ce type de fenêtre. Le cadre est d'une propreté irréprochable jusque dans les coins.

Le soleil atteint désormais le toit de l'immeuble des Sohrabi. Aucun mouvement derrière leurs vitres. Leur fille aînée va leur donner du fil à retordre, se dit Kouplan avec un sourire. Il se demande au passage de quelle manière il a lui-même bravé ses propres parents, sans approfondir toutefois. Dans l'immeuble en face, à travers une fenêtre avoisinant celles des Sohrabi, il distingue une silhouette, sans doute celle d'un homme assez jeune, qui gesticule de façon incompréhensible. Après quelques secondes d'observation perplexe, Kouplan devine que le jeune homme répète une chorégraphie, peut-être sur du Michael Jackson. Au-dessus, une pièce est plongée dans le noir. À côté, un store dessine des rayures sombres sur la vitre, ne laissant apparaître en bas, à travers une fente de deux décimètres environ, qu'un trait de lumière jaune. Et une tête. Vraisemblablement. Kouplan plisse les yeux. Non, ce n'est pas un pot de fleur. Son cœur s'emballe. La vision lui coupe le souffle. Une petite tête se dessine entre le rebord de la fenêtre et le bas du store. Un visage d'enfant regarde au-dehors, les yeux perdus dans le vide.

Regarde-moi ! prie Kouplan de toutes ses forces. Il scrute l'apparition. C'est bien elle, non ? *Regarde-moi !* Selon toute logique, il pourrait s'agir d'un adulte assis, mais la frimousse est bien celle d'un enfant. Un adulte ne regarderait pas ainsi au-dehors. *Par ici !*

Kouplan agite les bras pour attirer l'attention du petit visage, bien que vu de l'immeuble d'en face, le contraste entre son carreau rectangulaire et le mur environnant ne doive pas être assez marqué. Il sort les pages de Pernilla de leur chemise cartonnée, format A4. Elles sont blanches au dos. Il les colle à la vitre, un rectangle blanc sur un fond obscur, et les remue jusqu'à ce que l'enfant l'aperçoive enfin. Une rue entière les sépare, autant dire un abîme, mais Kouplan discerne son regard happé par le mouvement du papier. Il se met devant la vitre et agite la main pour capter son attention. *Julia ?*

Dans l'immeuble d'en face, un homme aux cheveux noirs, peut-être dangereux mais plutôt frêle, lui fait signe. C'est la première fois qu'on essaie d'entrer en contact avec elle, surtout de l'immeuble d'en face. La fillette a peur qu'il disparaisse si elle cligne des yeux. Il passe les mains de haut en bas comme s'il tirait sur une corde… Mais oui, il lui dit de tirer sur la corde du store ! Elle le fait monter, puis redescendre. L'homme lève le pouce et sourit. Il n'a pas l'air menaçant, mais la fillette sait désormais que les apparences sont trompeuses. Ils continuent à se regarder comme deux anges, loin au-dessus de la foule. L'homme lui montre son téléphone portable, elle comprend qu'il la photographie. Quelque part au fond d'elle-même, elle a la certitude qu'il n'est pas de la même trempe que ceux qui la retiennent.

Comment poser une question à une enfant de six ans à travers une fenêtre ? Kouplan pourrait écrire sur la vitre ou sur une feuille s'il en avait une, et elle pourrait lui répondre par des signes de tête, puisque, selon Pernilla, elle sait lire. Mais Kouplan n'a ni feutre ni papier. Et même dans le cas contraire, il faudrait tracer des caractères gigantesques pour qu'elle parvienne à les distinguer. Voilà pourquoi il a pensé au téléphone portable : si Julia ne peut pas lui répondre, Pernilla, elle, le pourra. Il prend une première photo très floue et une deuxième, un peu moins, et envoie cette dernière à Pernilla. En cliquant sur « OK », il a le sentiment qu'il devrait être à ses côtés quand elle découvre l'image.

C'est Julia ? Pernilla relit le message. Son pouls s'emballe. Lorsque son téléphone a bourdonné dans la poche de son pantalon, elle était aux toilettes. Cinq minutes ont passé, et elle ne s'est toujours pas levée. Malgré la très mauvaise qualité de l'image, elle a l'impression que c'est Julia. Ses cheveux lui paraissent plus foncés que d'habitude, mais c'est peut-être dû à l'obscurité qui règne dans la pièce. Le visage... Pour commencer, elle est sûre de ne pas le reconnaître, puis elle est sûre du contraire. Tenant le téléphone entre ses mains tremblantes, elle ferme les yeux, puis les rouvre. Elle reconnaît sa fille. Ou non.

Pernilla met une éternité à répondre. Sur le palier du troisième étage, l'attente est interminable. Dans un appartement, un lointain tintamarre retentit. Kouplan s'appuie sur le rebord immaculé de la fenêtre, la surface propre rafraîchit ses avant-bras. À l'extérieur, le soleil darde dorénavant ses rayons sur les fenêtres supérieures de l'immeuble d'en face. En bas, dans la rue, une femme en manteau de laine longe le trottoir et un homme en blouson rouge franchit une porte d'entrée. Lorsque le téléphone de Kouplan bourdonne enfin, il découvre la réponse de Pernilla, insatisfaisante : *Tu peux prendre encore une photo ?* Il ne le peut pas. Quelqu'un a baissé le store, cachant la fillette.

32

Dans la salle du café Le Fauteuil, tout au fond, quelqu'un est parti en laissant une tasse à moitié pleine de *latte*. Si un serveur passe, Kouplan en boira une gorgée en ayant l'air d'un client qui consomme et qui paye. Le café est froid mais revigorant.

Sur la table, Kouplan a posé la chemise cartonnée contenant les huit pages et demie de Pernilla, qu'il a décidé de relire à la lumière du jour.

Tu peux prendre encore une photo ? Est-ce la réaction normale d'une mère qui reconnaît sa fille disparue ? Il ressort son téléphone et scrute la photo en essayant d'évaluer à quel point elle est floue. Il s'agit d'une enfant, nul doute, mais à part cela, il faut admettre que la précision photographique de l'Ericsson T610 ne se calcule pas en mégapixels. Il ouvre la chemise.

Une pluie bizarre tombait le jour où on a enlevé Julia, un fin crachin qui vous mouillait peu à peu, insensiblement. Julia l'avait dit, d'ailleurs :
— *Regarde la pluie, maman ! Elle ne fait pas* plic ploc, *les gouttes ressemblent à des moustiques ou à...*

Ça s'appelle comment, déjà ? les petites bêtes qui volent ? Maman ?

Lorsqu'elle a levé son nez mouillé, la capuche de son blouson imperméable est tombée en arrière pour la quinzième fois. Je la lui ai remise d'un geste qui, a posteriori, me paraît sans grande affection ni tendresse, et je lui ai pris la main.

Kouplan essaie de se représenter l'enfant qu'il a aperçue dans l'appartement lever son nez mouillé. Sur l'écran du téléphone, le visage, qui semble assez mince, est ombragé. Selon toute logique, Kouplan ne devrait pas réussir à identifier une enfant sur une photo de cette qualité à partir des indications contenues dans un texte, encore moins dans la prose de Pernilla.

Lors d'une excursion à Skansen, Julia ne s'est montrée attirée ni par les ours ni par les élans, mais par les deux chevaux de Dalécarlie, l'un énorme et l'autre grand, qui se dressaient au milieu du parc. Skansen est un genre d'enclos protégé du monde extérieur, et nous avions pu nous y rendre dès le mois de mars, munies de galettes de pain de Hönö tartinées de beurre et de fromage. Nous nous sommes assises sur les larges dos des deux chevaux de bois, entourées du décor sécurisant des maisons en rondins. Je me suis soudain rendu compte que toutes les deux, nous parlions ensemble. Julia, qui allait avoir trois ans, ouvrit sa petite bouche.

— C'est un papa, a-t-elle dit en pointant du doigt.

Nous avons suivi des yeux le papa qui passait en conduisant tranquillement une poussette.

— Oui, ai-je répondu. Et regarde, là, un autre.

Juchées sur notre grand cheval, nous avons contemplé un moment les papas en promenade.

— Moi, je n'en ai pas, a constaté Julia.

Je me souviens du goût du fromage et du pain émiettés dans ma bouche. Je tenais Julia d'une main et, de l'autre, je dévissais le couvercle d'une thermos.

Kouplan ne comprend pas la logique du récit, sans doute embrouillé par la mémoire défaillante de Pernilla. Étaient-elles assises sur le même cheval ou sur deux chevaux distincts ? *Les larges dos des deux chevaux de bois.* Il a vu des images des deux grands chevaux de Dalécarlie sur Google. On n'assoit pas un enfant de deux ans seul sur une statue de cette taille, n'est-ce pas ? D'ailleurs, non, ce n'était pas le cas, puisqu'elle dit tenir Julia d'une main. Et dévisser un couvercle de thermos de l'autre. Et tenir la thermos pour ne pas risquer de la renverser. Et manger une tartine. Le tout à plus d'un mètre de hauteur.

Cette description de Skansen confirme à Kouplan l'inconstance des souvenirs, les petits arrangements avec la vérité, ni plus ni moins. Impossible de fonder une analyse sérieuse sur des données aussi peu fiables que les récits de Pernilla. Un jour, la mère de Kouplan avait parlé d'un témoignage qu'elle avait étudié. Elle en avait tiré cette conclusion : on ne peut pas se fier à la mémoire. « Mais on peut aussi considérer que les trous et les rustines nous en disent aussi long sur la vérité que les faits, avait-elle ajouté. Ça dépend quelle vérité on cherche. » Elle tenait à son fils ce genre de discours depuis qu'il était tout petit, comme s'il lui semblait évident qu'il comprendrait tout.

Je revois son extase, ses taches de rousseur sur le nez, sa fascination pour le chien qui s'appelait encore Julius. Elle ne pouvait plus le quitter des yeux. En chemin, l'animal s'est comme métamorphosé, sa posture a changé, son dos bouclé s'est tranquillisé. En quittant le chenil, il était encore Julius, le corniaud errant, et en descendant du bus avec nous, Janus, le chien des Svensson.

— Pourquoi Janus ? ai-je demandé à Julia dans l'ascenseur.

Elle a fait sa grimace habituelle, celle qui signifie qu'elle a une idée derrière la tête. Quand elle plisse ainsi l'œil et le coin de la bouche, on peut être sûr que sa petite caboche est en pleine ébullition.

— Parce que j'ai pensé aux Romains, a-t-elle dit. Mais Janus n'est pas un empereur, c'est un petit chien.

C'est le seul endroit où Pernilla parle de taches de rousseur, sans doute parce qu'elles ont adopté Janus en août et que le soleil avait moucheté leurs visages. Julia n'aura profité que pendant deux mois de ce chien qui devait les sécuriser.

L'explication du nom est étrange. Un enfant peut sans doute trouver des similitudes entre Janus et Julius, voire même faire le lien entre l'empereur et les Romains, mais Janus est le nom d'un dieu qui ne peut, en aucune façon, émaner du raisonnement d'une fillette suédoise âgée de six ans. Kouplan maîtrise mieux la mythologie persane que la gréco-romaine ; il note : *Recherche Google sur Janus.*

— Je peux la prendre ? demande une serveuse en désignant l'assiette à dessert sur la table de Kouplan.

« Vous êtes calée en mythologie romaine ? » aimerait répliquer Kouplan. Cela ressemblerait à celui qu'il a été, si sa mémoire ne le trompe pas, mais le rendrait également plus repérable. Il lui adresse donc un hochement de tête anonyme et, le ventre gargouillant, répond :

— C'était très bon.

Avant de quitter la Mariatorg, il effectue un dernier tour de surveillance devant l'immeuble, respire profondément lorsqu'un véhicule de police passe à quelques dizaines de centimètres de lui, et jette un coup d'œil furtif sur le store baissé. S'il n'avait pas pris les photos, il croirait avoir rêvé.

De toute façon, sans la confirmation de Pernilla, impossible de prendre d'assaut l'appartement. Peut-être a-t-il vu un enfant parfaitement normal qui s'est ensuite précipité vers les membres de sa famille, attablés en cuisine pour le petit déjeuner et prêts à signaler à la police des agissements louches autour de chez eux. Il faut dire qu'il y a des enfants dans presque tous les immeubles, à Stockholm.

De plus, on ne se consacre pas à des activités criminelles sans prendre un minimum de précautions. Qu'arriverait-il s'il se montrait une troisième fois dans la rue ou l'escalier des Sohrabi et de Björk ? Dans l'éventualité où le terrible MB habite effectivement à l'étage supérieur... La porte d'entrée de l'immeuble en pierre de taille demeure fermée. Kouplan circule comme un passant ordinaire, se disant que Pernilla reconnaîtrait tout de même sa propre fille s'il s'agissait d'elle. Et puis, il y a autre chose qui le tracasse : les chaussures de Julia.

33

La fillette garde les yeux rivés sur le blouson rouge de l'homme. Il l'a pendu à la chaise en entrant, mais l'habit a glissé. Une manche traîne par terre. Son « visiteur » est arrivé sans crier gare. Soudain, il est là, avec de grandes mains enragées et affamées comme des loups. La peur hurle dans le ventre de la petite : sois gentille...

34

Les chaussures ne quittent plus l'esprit de Kouplan. Les associations d'idées qui l'ont conduit à elles sont passées par des trous de mémoire et des rustines, des rapiéçages et des marques d'usure sur des vêtements. Il s'est rendu compte qu'il avait eu deux pensées contradictoires à propos des chaussures de Julia : premièrement, qu'elles paraissaient toutes neuves, et deuxièmement, qu'elles devaient être vieilles. Il précisera ses impressions en rentrant chez lui.

Pendant que son riz bouillonne sur la cuisinière de Regina, il s'exécute. Dans le couloir, il inspecte les chaussures des enfants : les petites bottes en caoutchouc de Liam, vert et noir, et celles d'Ida, encore plus petites, roses à fleurs rouges. Tailles 31 et 24. Il est surpris par le cliquetis dans la serrure au-dessus de sa tête. Tellement terrifié qu'il en avale de travers, il se met à tousser sans pouvoir s'arrêter. Regina le regarde fixement. Crachant ses poumons, rougissant, Kouplan lâche la botte de Liam comme s'il s'agissait de son amante secrète, et récupère peu à peu la faculté de parler.

— Je voulais voir la taille.

243

— D'accord. Je peux entrer ?

Kouplan n'a qu'une envie : se réfugier dans sa chambre, mais son riz n'est pas encore cuit. Regina le regarde d'un air si amusé qu'il est obligé d'ajouter quelque chose.

— C'est quoi, la plus petite taille imaginable pour un enfant de six ans ?

— C'est ce que tu voulais voir ?

Il rougit à nouveau.

— Non, mais… Bon, est-ce qu'à cet âge-là on peut faire du 25 ?

— Possible, si on est plutôt petit.

Voilà le problème. Car on peut donner sept ans à Julia.

Kouplan farfouille dans un enchevêtrement d'impressions. S'il était à l'affût d'un mensonge précis, ce serait plus facile, car il est confronté à des incohérences diffuses, non seulement en ce qui concerne les chaussures, mais aussi le blouson.

Dans sa chambre, il effectue une recherche sur le dieu romain Janus : *Dieu des commencements et des fins, des choix, du passage et des portes*, l'informe-t-on. *Il est représenté avec une face tournée vers le passé, l'autre sur l'avenir.* L'illustration ne fait pas franchement penser au petit chien ébouriffé de race croisée. En revanche, elle lui rappelle tout de suite une sculpture dans un certain hall d'entrée, sur les hauteurs de Sundyberg.

Kouplan songe à la salle de bains de Pernilla. Dans celle de Regina, on trouve des gouttes pour le nez, un thermomètre, une table à langer, des pansements et une bonne centaine de serviettes. Chez Pernilla, rien de

244

plus qu'une tétine et deux brosses à dents, la plus petite étant manifestement neuve.

Il faudrait vraiment qu'il en parle à sa mère.

Au pire, il devrait ignorer ses soupçons, car il est payé pour croire Pernilla. Pourtant il les envisage sans aucune résistance. Il songe aux tableaux de perles, aux photos, aux chaises à barreaux dans la cuisine de Pernilla et à des événements vieux de six ans. Il devrait prendre une douche, mais ses pensées ne lui laissent aucun répit. Avant de ressortir, il décide d'échanger quelques mots avec Regina.

— J'ai une question très bizarre.

Elle lève la tête. C'est la première fois qu'il lui adresse la parole deux fois dans la même journée.

— Vas-y !

— Quand on accouche, est-ce qu'on saigne ?

— Oui, et on expulse du liquide amniotique. Pourquoi ?

Il ne répond pas. Elle ajoute :

— Tu n'as pas mis une fille enceinte, au moins ?

D'une certaine manière, l'idée le réconforte.

— Le... fil... ombilical..., poursuit-il.

— Le cordon ombilical.

— ... il est fin ou épais ?

Regina ricane.

— Je sais..., reprend Kouplan en prenant soin de rire aussi. Je t'avais prévenue : c'est une question bizarre.

— À peu près comme ça, montre-t-elle à l'aide du pouce et de l'index. Un peu plus gros qu'un doigt.

— Comment on le coupe ?

Regina fronce les sourcils.

245

— Mais… Qu'est-ce que tu mijotes ?

Il fait un sourire enjoué et innocent.

— Je n'ai pas prévu d'avoir des enfants dans l'immédiat, si c'est ce que tu crains. J'ai juste besoin de savoir, j'ai une copine qui va accoucher et elle pose un tas de questions hallucinantes.

— Avec des ciseaux.

— Des ciseaux comme ça ?

Kouplan montre les ciseaux d'enfant à bouts ronds d'Ida, décorés de pois roses.

— Il n'est pas en papier, sourit Regina. Mais oui, avec de gros ciseaux ordinaires. On est obligés de donner plusieurs coups pour le trancher. C'est caoutchouteux et assez ferme, si tu vois ce que je veux dire.

— Et mou ?

— Moins qu'on ne croit. Ça ressemble plus à un tentacule de pieuvre qu'à un bas nylon.

— D'accord, merci.

— C'est tout ?

— Oui.

— Ta copine ne veut pas savoir… par exemple… si ça fait mal ?

Il secoue la tête, il doit se dépêcher d'aller porter un regard neuf sur l'appartement de Pernilla.

— Elle sait déjà que ça fait super mal, merci.

Pernilla lui ouvre la porte, il la scrute comme s'il allait trouver les réponses à ses questions dans sa pupille.

— C'est peut-être Julia, dit-elle. Mais elle est tellement floue…

— La photo ?

— Oui. Mais je crois bien que c'est elle.

246

Kouplan étudie l'entrée comme le jour où il y a mis les pieds pour la première fois, attentif à ce qu'il y manque plus qu'à ce qu'il contient.

— On va la chercher ? Elle est où ?

— Attends un peu.

Le blouson de Julia, sur son crochet, n'a pas bougé d'un millimètre. Brillant, comme neuf. Ses chaussures de taille 25 sont immaculées.

— Il faut que je voie son lit.

Il la précède à travers la cuisine où pend un tablier d'enfant rouge et blanc, dans cet appartement qui ne lui a pas encore livré tous ses secrets. La cuisinière de Regina est équipée d'une sécurité enfant, contrairement à celle de Pernilla.

— Tu laves souvent le linge ? demande-t-il en se penchant sur le lit de Julia.

La housse de couette *My Little Pony* n'est pas délavée.

— Un dimanche sur deux. Pourquoi ? Je croise rarement quelqu'un à la laverie, si c'est ce que tu veux sav…

— Je peux voir les habits de Julia ?

— Ils sont dans sa commode.

Il les sort et les pose en tas sur le lit. Julia possède vingt pulls aux imprimés rose vif, un pantalon, aucun sous-vêtement, cinq T-shirts et trois paires de chaussettes de taille 33-35. Le cœur de Kouplan propage ces nouvelles informations dans ses veines, qui se mettent à ondoyer. Pernilla le regarde, ébahie.

— Qu'est-ce que tu fabriques ?

Il la connaît peut-être très mal.

— Tu aurais un dessin qu'elle a fait ?

Pernilla va chercher une chemise cartonnée.

— J'en ai conservé la plupart, dit-elle en l'ouvrant. J'ai même acheté un kit de plâtre, tu sais, ceux qui permettent de faire des moulages de mains et de pieds.

Les dessins sont simples : fleurs, maisons, personnages schématiques. Des lignes parfaitement tracées. Nul trait trop appuyé, nulle couleur qui dépasse.

— Tu as gardé les empreintes de pied ?

— Non, il y a eu un problème avec le plâtre. Il s'est étalé. Kouplan, parle-moi ! Qu'est-ce que tu cherches ?

Il range les fleurs et les maisons parfaites dans la chemise et respire. Il a vraiment besoin d'oxygène.

— Pernilla…

— Oui ?

— Raconte-moi la naissance de Julia.

Décidément, Kouplan a un comportement très étrange.

— C'est important, insiste-t-il, je t'en prie.

Pernilla ne veut pas repenser à la naissance de Julia. Elle ne veut pas se remémorer cette journée d'angoisse qu'elle a passée entièrement seule. En désespoir de cause, elle avait même appelé Patrik, mais il lui avait raccroché au nez, disant ne plus la supporter.

— Mais je vais accoucher ! avait-elle crié.

— Ne me rappelle plus jamais ! avait-il répondu.

Les yeux de velours de Kouplan la regardent, insistants.

Elle soupire.

— Ça a été vraiment éprouvant.

Quand le moment est venu, elle l'a su intuitivement. Elle avait enregistré le numéro des urgences dans son téléphone au cas où ça tournerait mal. Pas question de

248

laisser les services sociaux lui prendre son enfant, mais elle ne voulait pas mourir pour autant.

— J'étais allongée par terre, raconte-t-elle en tendant l'index. Là.

Elle ne sait pas combien de temps ça a pris. Plusieurs heures ? Un quart d'heure ? Elle se souvient de la sueur et de son corps endolori, comme un prolongement charnel de son angoisse. Et d'après.

— Quand elle est apparue…, hésite-t-elle. Quand elle est apparue, cette petite créature qui n'était qu'à moi… Alors, j'ai su que ça en valait la peine.

Kouplan esquive son regard.

— Et tu as fait quoi ?

— Je l'ai tenue. Je l'ai essuyée un peu. J'étais soulagée de ne pas être morte.

— Comment tu t'y es prise avec le cordon ombilical ?

Pernilla revit son soulagement et l'angoisse qui, soudain, lorsqu'elle s'est retrouvée la vie sauve, tenant Julia contre elle, lui a semblé insignifiante.

— C'est la meilleure chose qui me soit jamais arrivée, dit-elle avec sincérité.

— Le cordon ombilical, Pernilla… Tu l'as coupé toi-même ?

Elle acquiesce.

— Avec quels ciseaux ?

— Je ne me souviens plus. De toute façon, je n'en ai que deux paires, celle de la cuisine et les ciseaux à papier.

Pernilla s'interroge. Que cherche Kouplan ? Dans le lit, peut-être des traces ou des empreintes laissées par la personne qui a subtilisé la mèche de cheveux de Julia ? En ouvrant la chemise en carton, ils auraient aussi bien pu découvrir qu'elle était vide. Quand Kouplan a parlé de dessins, Pernilla s'est demandé si le voleur ne les avait pas emportés. Maintenant que pense-t-il découvrir à travers cette histoire de cordon ombilical ?

— Tu peux... Excuse-moi si ça semble étrange, mais est-ce que tu peux me montrer comment tu as fait ?

— Par terre ?

— De préférence.

Pernilla s'allonge sur le sol du salon, une serviette sous le derrière, comme six ans auparavant. Durant un fragment de seconde, une sensation lui revient de très loin et la traverse comme un souffle : l'impression que son corps n'est pas le sien.

— J'étais couchée comme ça.

— Tu as attrapé Julia avec les mains ?

Elle hoche la tête, soudain incertaine.

— Je crois que je me suis levée sur les coudes et que je l'ai prise comme ça, pour qu'elle ne se cogne pas par terre.

— Et le cordon ?

Il lui tend les ciseaux de cuisine. Elle lui montre comment elle a coupé le cordon, entre son entrejambe et la petite Julia couchée sur sa poitrine.

— C'était plutôt facile, alors ? demande Kouplan.

— De le couper, oui. C'est l'accouchement qui a été pénible. Et la peur.

— Il était mou ?

Elle étend les jambes et regarde le plafond, fouillant dans sa mémoire. Manifestement, c'est important.

— Oui, c'est juste une sorte de... boyau qui apporte à l'enfant les nutriments dont il a besoin. Un peu comme un ballon de baudruche allongé. Mais pas gonflé.

— Un peu comme un bas nylon ?

Être à nouveau étendue par terre réveille en elle plus d'émotions qu'elle ne l'aurait cru, des réminiscences du chaos dans lequel elle était plongée ce jour-là. Les murs semblaient ployer sous une mystérieuse tempête.

— À peu près.

Une pupille ne révèle pas tout, certes, mais Kouplan est certain que Pernilla ne ment pas. Étendue de tout son long par terre, cette femme blonde d'une petite quarantaine raconte en son âme et conscience ce qu'elle a vécu. Mais à chacun sa vérité. Les vingt pulls de Julia sont neufs, tout droit sortis de l'usine, elle ne possède aucun sous-vêtement et, quand on a un enfant, on lave le linge plus souvent que deux fois par mois.

Kouplan pense à sa mère. À son visage, à ses lunettes, à ses boucles brunes à peine grisonnantes. Maman, dis-moi, est-ce possible ? Comment formuler ma question ? Kouplan sait ce que sa mère lui répondrait : « En matière de psychisme humain, tout est possible ; ton questionnement ne doit pas remettre en cause son vécu. »

— Est-ce que quelqu'un t'a accusée de ne pas être enceinte ?

Il lit la réponse dans ses yeux bleus qui s'accrochent à lui, vacillant entre vérité et accommodations.

— Tout le monde.

35

Au début, il n'avait prêté aucune attention particulière à cette paroissienne qui s'était assise tout au fond pour assister au service et réciter le credo, sans pour autant venir communier. Elle semblait certes un peu mal à l'aise, on pouvait le voir à son langage corporel, mais elle se fondait dans la masse.

Pendant la réunion paroissiale après le service, alors qu'il la croyait partie, elle était réapparue, avait pris un morceau de quatre-quarts et s'était assise à une table vide.

— Elle a l'air seule, avait lancé l'organiste, Hasse.

— Je vais aller lui parler, avait dit Tor.

Elle lui avait adressé un sourire forcé, timide. Il lui avait tendu la main.

— Je m'appelle Tor.

— Pernilla.

— Vous êtes nouvelle dans la paroisse ?

Leurs regards se seraient certainement croisés si celui de Pernilla n'avait pas erré dans le vague, sans objet. Tor s'était senti gagné par la nervosité et, pour y résister, avait décidé de s'asseoir.

— Ça fait des lustres qu'on n'est pas venues à l'église, avait-elle repris, mais j'avais besoin de calme. Ça a été tellement...

Son silence avait duré si longtemps que Tor avait cru qu'elle s'était interrompue, mais un bon pasteur écoute jusqu'au bout.

— ... stressant, avait-elle conclu enfin.

Au soupir qu'elle avait poussé, Tor avait compris qu'elle ne parlait pas du genre de pression qu'on ressent le matin quand on court à l'arrêt de bus.

— Vous avez quelqu'un à qui parler ?

La question avait déclenché une vive réaction.

— Je ne vois pas de psychologue !

Tor avait donné à Pernilla une brochure sur la direction de conscience.

Le lendemain, elle l'avait appelé pour prendre rendez-vous.

Un directeur de conscience reçoit toutes sortes de gens : des endeuillés, des drogués, des délaissés ou des endettés. Pendant les dix premières minutes de leur entrevue, Tor avait essayé de catégoriser Pernilla pour mieux cerner ses besoins, mais il avait eu l'impression que, se sentant observée, elle s'était esquivée. Pour finir, il s'était penché en arrière et avait laissé l'Esprit habiter la pièce. Le regard de Pernilla s'était focalisé.

— Je me sens chaotique. Ça se voit ?

Tor avait patienté, l'Esprit agissait.

— Je crois que j'ai peur.

Tor le pensait aussi. Pernilla lui rappelait des cas de femmes qui avaient eu besoin d'un soutien autre que ses seuls conseils spirituels. Elle tripotait un bracelet.

— Je n'ose même pas le raconter.

254

— J'ai prêté serment, je suis astreint au secret, avait dit Tor. Je n'ai donc pas le droit de divulguer nos propos, si c'est ce que vous craignez.

— Vous n'avez pas le devoir de signaler certaines choses à la police ?

Il avait secoué la tête.

— Même pas en cas d'agissements criminels. Mon engagement au secret est total.

Cela avait semblé tranquilliser Pernilla.

— J'espère que ça ne vous dérange pas, avait-elle dit en lançant un coup d'œil significatif vers un point sur le sol.

Tor n'avait pas compris ce qu'elle voulait dire, mais lui avait assuré que non.

— J'ai peur que les services sociaux la trouvent, avait expliqué Pernilla. J'y pense tout le temps.

Tor avait émis un « hmm » compréhensif, puis avait ajouté :

— Qu'ils trouvent qui ?

Elle avait refait un geste en direction du sol.

— Julia, ma fille.

Elle avait l'air de penser qu'une certaine Julia était avec eux. Une enfant aurait-elle pu se glisser dans la pièce sans que Tor le remarque ? Derrière le fauteuil de Pernilla, il n'y avait personne, en tout cas. Les signes de tête de la paroissienne étaient peut-être un simple tic.

— Quel âge a Julia ?

— Trois ans. Julia, viens dire bonjour au pasteur ! C'est bon, tu peux te montrer.

Aucune enfant de trois ans ne s'était faufilée entre les chaises pour les rejoindre. Pernilla avait fait un sourire d'excuses.

— Elle est timide.

La direction de conscience consiste à écouter et à conseiller des âmes fragiles qui ont besoin de soins.

— En fait, c'est moi qui lui ai appris à se conduire comme ça, avait repris Pernilla. Parfois, je me sens affreusement coupable... Mais je ne veux pas la perdre.

Pendant que Tor contemplait l'âme de Pernilla, elle lui avait raconté une histoire à dormir debout. On avait menacé de lui prendre le bébé qu'elle portait, elle avait simulé une fausse couche et décidé d'accoucher à domicile. Elle avait donné naissance à une petite fille qui ne possédait pas de numéro d'identité – elle avait fait un nouveau geste vers le sol. « Il n'y a pas d'enfant, là », aurait pu lui assurer Tor, mais cela aurait brisé la frêle confiance qui s'était établie entre eux.

— Pourquoi a-t-on menacé de vous la prendre ? avait-il demandé.

— J'ai été internée à l'hôpital psychiatrique, avait-elle répondu. Pour tentative de suicide. Mais c'était avant Julia.

— Vous voulez dire que depuis sa naissance, vous allez mieux ?

Pernilla avait souri.

— C'est ma raison d'être. Quand on a un enfant... on reprend goût à la vie. Je vois le monde à travers ses yeux.

— C'est merveilleux, avait répliqué Tor, sincère.

Car en effet, abstraction faite de l'absence de cette enfant, l'expérience que lui racontait cette âme déchirée lui paraissait merveilleuse.

— Mais je suis... Je passe tout mon temps à m'inquiéter qu'on la découvre. C'est très angoissant.

Certains prêtres croient aux démons, d'autres, en la psychologie moderne. Tor appartient plutôt à la seconde catégorie. Or le vif rejet de Pernilla quand elle avait cru qu'il lui parlait de suivi psychologique lui avait mis la puce à l'oreille. Elle ne semblait pas réceptive à ce type de conseil. De plus, si on la médicamentait pour neutraliser la chimère qui la rendait heureuse, quel effet cela aurait-il sur son âme ?

— Peut-être vous inquiétez-vous inutilement. Les services sociaux ne se lancent pas à la recherche d'enfants dont ils ne connaissent même pas l'existence.

Pernilla s'était tue, avait jeté un coup d'œil par terre et regardé Tor dans les yeux.

— C'est ce que je me disais, mais c'est plus rassurant de vous l'entendre dire.

Ainsi s'était déroulé leur premier entretien. S'apprêtant à partir, Pernilla s'était penchée en avant, avait soulevé quelques kilos de vide et lui avait marmonné :

— Tu dis au revoir ? Au revoir, monsieur le pasteur...

Tor s'était demandé s'il avait adopté la conduite la plus indiquée. Pernilla semblait tout de même aller mieux à la suite de leur entretien qu'à son arrivée. Il était bien obligé de faire un choix. Il avait tendu la main vers l'être invisible à côté de la joue de Pernilla et l'avait caressé.

— Au revoir, Julia.

36

Kouplan l'aide à s'asseoir sur le canapé et lui débite un mensonge :

— Pernilla, je vais te dire ce que je crois. Il va falloir envisager que ça puisse être vrai. – Puis il ment. – Plusieurs choses m'ont fait réfléchir. Les chaussures dans le couloir… Quand Julia les a-t-elle portées ?

Cela ressemble à un interrogatoire de la pire espèce. Il est mené par Kouplan aux yeux de velours, certes, mais elle ne tire qu'un maigre réconfort de cette circonstance atténuante. Elle a l'impression d'avoir des fourmis dans tout le corps.

— Elle les porte…, répond-elle. Enfin, elle les met souvent. Et alors ? Tu ne vas pas la chercher ?

En effet, ne ferait-il pas mieux de lui ramener sa fille au lieu de lui provoquer des engourdissements inquiétants dans les bras et les jambes ? N'est-ce pas pour cela qu'elle le paye ?

— Ça ne colle pas, reprend-il. Elle devrait plutôt chausser du 32. Surtout si elle est grande pour son âge.

Le malaise envahit peu à peu Pernilla, qui ferme très fort les yeux pour refouler un mal de tête latent. Quelque part, un voile refuse de se dissiper.

— Ma fille a des petits pieds, et alors ? Ce n'est pas un crime, que je sache ! Enfin, pas aux dernières nouvelles. Ce n'est pas illégal de faire du 25.

Comme elle l'a toujours fait dans ce genre de situation, elle parle pour ne rien dire et s'en rend compte. Kouplan pourrait-il agir pour le compte des autorités ?

— Bien sûr qu'elle peut avoir des petits pieds, dit-il gentiment. Une autre question : quand as-tu acheté sa brosse à dents ?

— Je ne sais pas.

— Récemment ?

— Je ne sais pas. Non, non, ce n'est pas récent. Tu es dentiste, maintenant ?

Elle n'aime pas être agressive envers lui, mais il la presse. C'est à cause de ce voile auquel elle tient tant. Il essaie de lui arracher le doux écran bleu ciel qui tamise ses souvenirs. Et derrière, il y a du sang et des tissus organiques.

— Elle est toute neuve, reprend Kouplan. On peut aller vérifier ensemble, si tu veux. Elle n'a jamais été utilisée.

Pernilla est la proie de mille tourments, entre le voile qu'elle retient désespérément et la peur qui l'envahit lorsque Kouplan lui annonce que la personne qui s'est introduite chez elle a également échangé la brosse à dents de Julia contre une neuve. D'ailleurs, il l'a peut-être fait lui-même.

— Ses habits aussi, ajoute-t-il. On peut aller voir. Ils sont neufs, certains portent encore leur étiquette. Et Julia n'a pas de sous-vêtements.

Cette dernière remarque la laisse songeuse – pourquoi celle-ci plutôt qu'une autre ? Peut-être parce qu'elle semble si banale, si quotidienne. Kouplan

260

la regarde. Elle voudrait répliquer : « Mais si, bien sûr qu'elle a des sous-vêtements ! » Seulement, elle n'a pas le souvenir de lui en avoir acheté. L'idée que Julia ait pu en avoir besoin ne lui a jamais traversé l'esprit. Et quand on ne porte pas de culotte, il faut laver ses pantalons plus souvent, mais elle ne se rappelle pas l'avoir fait non plus.

— Tu laves le linge toutes les deux semaines, poursuit Kouplan comme s'il lisait dans ses pensées. Les enfants se salissent vite. Même les enfants sages. Julia n'a que trois paires de chaussettes et son blouson n'est jamais sorti d'ici.

Ne le dis pas ! hurle une voix à l'intérieur de Pernilla.

— Et les dessins que tu assures être les siens… Même un talent exceptionnel n'arriverait pas à tracer ce genre de traits à trois ans. Et pour finir…

Ne le dis pas !

— Un cordon ombilical ne ressemble pas à ce que tu m'as décrit. J'en ai parlé avec une femme qui a eu des enfants, tu peux le lui demander toi-même.

Comment savoir si Kouplan n'est pas l'un d'entre eux ? Et la femme qui a eu des enfants ? L'hôpital psychiatrique et les services sociaux auraient pu les envoyer à Pernilla pour la duper. Elle essaie de tenir un raisonnement logique dans les méandres d'un labyrinthe étroit. Oui, elle croit savoir ce que Kouplan cherche à faire : détruire son univers et tuer son enfant.

— Je te paye pour me croire, lâche-t-elle dans un murmure.

— Et pour t'aider, ajoute Kouplan. Personne ne s'introduit dans une cave pour effacer trois photos sur un vieux disque dur. Le plâtre, ça durcit autour du pied – s'il y a effectivement un pied dedans.

Elle a l'impression que Kouplan crache du sang. Ses paroles l'écorchent. Elle voudrait les essuyer, les lisser. *Ne le dis pas !* Elle respire vite, trop vite, elle expulse l'air, alors qu'il vient à peine d'entrer dans son gosier. Elle envisage de faire confiance à son détective. Il peut, certes, paraître suspect sur beaucoup de points, mais un agent des services sociaux ne pourrait pas ignorer ce qu'est un tableau de perles. Elle respire. Difficilement, mais elle respire. *Ne le dis pas !*

— Dis-le !

Il lui raconte alors un énorme mensonge, un vrai mensonge qui tue son enfant.

— Sors de chez moi ! s'écrie-t-elle.

Elle lève un doigt tremblant vers la porte.

— Mais réfléchis…, dit Kouplan avec douceur.

Pernilla ne veut pas réfléchir. Elle veut récupérer Julia, même si ses vêtements n'ont jamais été lavés. Même si elle a de petits pieds et dessine comme un adulte. Les yeux de Pernilla brûlent, débordent, elle renifle.

— Tu mens, le coupe-t-elle.

Sinon… Elle en a le souffle coupé, sa tête se met à tourner. S'il ne ment pas…

— Tor, dit-elle. Tor l'a rencontrée.

Kouplan regarde l'heure, hésite, puis lance :

— On peut l'appeler.

Comme par magie, il sort le numéro de téléphone de Tor.

37

— Tor Lejon.

— Bonjour…

— Allô ? Tor Lejon à l'appareil.

— …

— Allô ? Je ne sais pas qui vous êtes, mais il est 1 h 30 du matin.

— … C'est Pernilla.

— Pernilla ? C'est vous, Pernilla ?

— Bonjour, Tor.

— Chère amie ! Comment ça va ? Qu'est-ce qui vous amène ?

— Il m'arrive quelque chose de complètement fou.

— Vous avez des ennuis ?

— J'ai une seule question à vous poser… D'accord ?

— Bien sûr ! Mais qu'est-ce qui vous arrive ? J'ai reçu un jeune homme l'autre jour et il a… Quelle est votre question ?

— Julia… Vous savez ? Ma fille.

— Oui ?

— C'est une drôle de question, mais…

— Allez-y, ne vous inquiétez pas.

— C'est complètement dément.

— Ou peut-être confus.

— Non, c'est vraiment dément. Vous savez que j'ai fait des séjours en hôpital psychiatrique, il y a long-temps.

— Oui, vous m'en aviez parlé, je m'en souviens.

— Alors voilà, j'ai une question bizarre à vous poser… Très bizarre. D'accord ?

— Oui, d'accord.

— C'est sûrement la question la plus bizarre que vous ayez jamais entendue.

— Pernilla, je vous apprécie beaucoup, comme vous le savez, mais il est 1 h 30 du matin, alors s'il vous plaît, allez-y.

— Oui, d'accord… Pardon.

— Que Dieu vous garde.

— Bon…

— Votre question est… ?

— Vous savez, ma fille… Je me demande si… Je voudrais juste savoir si… elle existe ? En vrai. Kouplan dit que non… Allô ?

— Je suis là. Si Julia existe vraiment ? Elle existe dans votre esprit et dans votre cœur, Pernilla.

— Je sais. Mais en dehors de mon esprit et de mon cœur ? Elle existe vraiment ?

— Là… Je suis obligé de vous répondre que non. Non, elle n'existe pas vraiment.

— Vous en êtes sûr ?

— Oui.

— Putain de bordel de merde…

— Vous voulez qu'on en parle ?

— Non.

Clic.

38

Kouplan se réveille sur le canapé de Pernilla. Julia a disparu depuis deux semaines et trois jours. Il doit se rendre à la Mariatorg avant qu'on ne déplace la fillette, il devrait également espionner Gustav. En effet, pourquoi se limiter à Hökärängen ? Il se redresse. Soudain, les événements de la veille lui reviennent. Il n'y a pas d'enfant disparue. Il se le répète mentalement, en détachant les syllabes :

Il - n'y - a - pas - d'en - fant - dis - pa - rue.

Dans son for intérieur, les questions se bousculent. Comment nier l'existence d'une enfant, alors qu'il possède un cahier entier d'indices la concernant ? Le témoignage du vendeur de tickets du Globe, par exemple. Il cherche la page concernée et parcourt ses notes, tentant de recréer mentalement leur conversation. Le type avait réellement vu un homme accompagné d'une enfant. C'était bien le lundi ? A-t-il précisé l'heure ? Non, sinon, Kouplan l'aurait notée. Il l'a vu entrer au McDonald's et manger un hamburger.

Et la guichetière, quels étaient ses horaires de travail ? A-t-elle vu le même homme que le vendeur de tickets ? Pourquoi s'interroger sur un homme qui prend le métro avec sa fille ? Au fond, tout ce que Kouplan a recueilli, ce sont des témoignages de gens ayant vu quelqu'un passer.

Sauf dans le cas de la bibliothécaire, qui a reconnu Pernilla sur la photo et s'est souvenue de sa fille. Enfin, après un moment. Plus précisément après que Kouplan lui a décrit la fillette et expliqué qu'elle était d'un naturel sage et silencieux. Après maintes hésitations.

À part cela, il a concentré ses recherches sur Chavez, le mec qui fait des courses pour le mec qui, d'après les copains des propriétaires de l'appartement d'un concitoyen de Kouplan, exploiterait des femmes et des enfants. Sans que cela ait aucun rapport avéré ni avec Pernilla ni avec le Globe. Des nuits entières passées dans des cages d'escalier d'Akalla, une vessie au bord de l'explosion aux abords du parc de Vita bergen, des filatures hasardeuses autour de la Mariatorg… Kouplan se frotte le front, son cerveau est en surchauffe. Serait-il le dernier des imbéciles ?

Pernilla a dormi dix heures. Elle regarde fixement l'heure en se réveillant : onze heures, du matin ou du soir ? Brutalement, tout resurgit. La remise en cause de la veille… Elle ne l'a pas rêvée. Kouplan l'a portée jusqu'au canapé et lui a annoncé avec son regard de velours le plus ferme : « Pernilla, je vais te dire ce que je crois. Il va falloir envisager que ça puisse être vrai. » Elle s'était préparée au pire, comprenant qu'il allait soulever un couvercle à l'intérieur d'elle, et que ça ferait très mal.

Julia est absente, plus encore qu'elle ne l'a jamais été.

Comment Pernilla peut-elle alors se souvenir de son parfum, de son adorable sourire, de son petit corps qui grandissait, année après année ? Comment est-ce possible qu'elle n'ait jamais existé ?

Or, c'est la vérité, Kouplan l'a démontré. Ils ont regardé ensemble la petite brosse à dents : intacte. Les habits de Julia : neufs. Elle était pourtant si mignonne dans son pull coccinelle... Elle ne l'aurait donc jamais porté.

L'ombre de l'aube devient peu à peu l'ombre du jour, enfin, si l'on peut appeler « jour » la temporalité chaotique dans laquelle est plongée Pernilla. Un bref instant, elle ne croit même plus en sa propre existence. Ni en celle de Kouplan.

— Tu pourrais aussi bien être une illusion, dit-elle, mais elle n'a pas la force de poursuivre le raisonnement. Je te connais depuis deux semaines, et tu serais plus réel que mon enfant, que je connais depuis six ans ?

Il ne proteste pas, mais réplique :

— Je serais une illusion venue te demander comment tu expliques que ta fille n'a pas eu besoin de nouvelles chaussures depuis qu'elle a quatre ans ?

Pernilla hausse les épaules et lance un regard torve au garçon qui prétend avoir vingt-huit ans, mais qui pourrait très bien être une chimère. Si elle cligne des yeux, peut-être aura-t-il disparu. Elle regarde ses propres mains : de l'air ?

— C'est quoi, la réalité ? interroge-t-elle.

Kouplan hoche la tête.

— Question philosophique.

— Si je connais quelqu'un… c'est qu'il existe, non ?

— Tout se passe dans notre tête. Même nous qui sommes… qui ne donnons pas naissance à des enfants irréels, nous nous faisons une idée de la réalité à partir des impressions que nous procurent nos sens. Ce que nous ne percevons pas n'existe pas pour nous.

Pernilla s'accroche à cette conclusion.

— Et inversement.

— Et inversement. Mais ensuite, nous comparons notre réalité à celle des autres pour construire une image crédible du monde.

Un long silence s'installe, brusquement interrompu par un claquement. Pernilla et Kouplan échangent un regard écarquillé.

— Si on a tous les deux entendu ce bruit, c'est qu'il était réel, dit Pernilla.

— À mon avis, tu as reçu du courrier.

Ce sont les listes d'appels demandées par Pernilla à l'entreprise de télécommunications Telia. Kouplan jette l'enveloppe sans même l'ouvrir. Aucun inconnu n'aura téléphoné pendant que Julia se trouvait seule à la maison. Mission accomplie – *case closed*. Kouplan devrait rentrer chez lui.

— Pourquoi crois-tu qu'elle ait disparu ? demande-t-il.

Pernilla secoue pensivement la tête.

— Je ne sais même pas pourquoi elle est née.

— Tu étais enceinte ?

— Oui.

Kouplan cesse de l'interroger – un garçon bien élevé ne pose pas de questions sur ce genre de choses –,

268

mais Pernilla se penche vers lui et le regarde avec insistance.

— C'est vrai, ce que je t'ai dit sur les services sociaux. Ils voulaient me l'enlever dès sa naissance parce que j'étais psychologiquement instable.

Elle prononce ce diagnostic comme si elle citait un dossier médical.

— C'est fou, l'influence qu'ils peuvent avoir sur la vie d'un individu. Comment peuvent-ils savoir à l'avance quel genre de mère je serai ?

Kouplan s'interroge à son tour : quel genre de mère on est quand on invente des êtres humains de toutes pièces ? Cela étant, à leur première rencontre, Pernilla lui a offert un Sub15 dinde, se montrant ainsi infiniment plus généreuse que la plupart des gens.

— Tu ferais une très bonne mère, assure-t-il.

— Après ma fausse couche…

Elle se tait. Ses yeux errent dans le vide, cherchant désespérément un pan de réalité auquel s'accrocher.

— À l'époque, j'étais incapable de l'accepter. En même temps, je me disais qu'au moins, comme ça, on ne me la prendrait pas.

Kouplan ne peut concevoir ni ce que représente une grossesse, ni une fausse couche, ni un internement en service psychiatrique, mais il fait de son mieux.

— Ton psychisme a inversé la donne, suggère-t-il. Tu as gardé les bonnes choses et refoulé les mauvaises. La fausse couche, par exemple.

Pernilla marmonne un assentiment, puis elle penche la tête en arrière. Son regard se perd au loin.

— J'étais plongée dans le chaos.

Inutile d'en dire plus. « Le psychisme est fragile et le monde, cruel », a un jour dit la mère de Kouplan.

Mais Kouplan se demande encore pourquoi Julia a disparu.

— Elle a grandi comme une enfant normale ? Ça fait six ans qu'elle est née ?

— Oui.

Pernilla réfléchit.

— Elle a appris à parler très tôt, elle exprimait des choses assez complexes pour son âge. C'est une petite fille sage et raisonnable. Tu te demandes si sa croissance a été normale ?

— Elle aurait bientôt dû commencer l'école. Qu'est-ce que tu en pensais ?

— Je me disais qu'elle étudierait à domicile, et que ça deviendrait problématique plus tard, à la fin du primaire. Ça me tracassait. Je ne connais pas… toutes mes tables de multiplication.

À l'intérieur du cerveau, des liens se créent entre les différentes parties, Kouplan le sait. Il aimerait savoir quelles synapses entrent en jeu quand on est capable de construire un être humain de toutes pièces et d'ignorer le fait qu'il ne laisse aucune trace ni sur des photos ni dans du plâtre, et que l'on demeure en même temps suffisamment logique pour prendre en compte des programmes scolaires. La mère de Kouplan n'aurait pas été mal à l'aise en présence de Pernilla. Au contraire, elle l'aurait trouvée fascinante.

— Julia aurait bientôt été une grande fille, dit-il. Son âge a sûrement commencé à te poser des problèmes. Ton cerveau n'a plus été capable de gérer les données.

Soudain, Pernilla se met une claque. Kouplan bondit pour la protéger.

270

— Je ne comprends pas cette maudite tête ! s'exclame-t-elle. Qu'est-ce qui se passe, là-dedans ? Quand j'étais adolescente, tu sais, j'entendais des voix.

— Tu ne m'en avais pas parlé.

— On me disait qu'elles n'étaient pas réelles. À la fin, je l'ai compris. Elles ne s'incarnaient jamais dans des corps, et elles me disaient des trucs tellement bizarres...

— Comme quoi ?

— Elles jacassaient. Du genre : *Monsieur lalala au bord de rien du tout et lalala, monsieur qui plante des choux, des macaronis et autres macaques...* Tu dois me trouver complètement folle.

La définition courante de « folle » irait comme un gant à Pernilla.

— Le psychisme est fragile, répond Kouplan, et le monde, cruel.

— Heureusement, je suis consciente d'avoir entendu des voix. Sinon, je ne t'aurais jamais cru.

— Tu n'as pas cru Patrik.

Elle secoue la tête comme si la remarque était hors sujet.

— J'étais enceinte.

Kouplan se demande si, étant donné les voix dans son adolescence, Pernilla a parfois soupçonné que Julia n'existait pas.

— Tu ne t'es jamais dit que tu ne lavais pas ses vêtements ?

— Non, on ne pense pas vraiment à ce qu'on ne fait pas. Enfin, a posteriori, ça peut sembler bizarre... Mais seulement a posteriori.

Elle a employé des formes impersonnelles.

— On ne voit pas tout, renchérit Kouplan.

271

Dans le cadre d'une expérience, on a filmé des jeunes gens vêtus de maillots blancs ou noirs en train de se lancer un ballon, et demandé à des spectateurs, des cobayes, de compter les passes entre les blancs. Après la projection, on leur a demandé s'ils avaient remarqué quelque chose de bizarre. La plupart, concentrés sur les passes, n'ont pas vu l'individu déguisé en gorille qui a déambulé parmi les joueurs en se frappant la poitrine. Lorsque Kouplan a lu le récit de cette expérience dans un livre, il s'est dit qu'il devait la mémoriser, non pas pour pouvoir la raconter ultérieurement à des victimes d'enlèvements imaginaires, mais pour garder son sens de l'observation en toute circonstance, surtout lorsque la police des frontières peut surgir à n'importe quel coin de rue.

L'ombre de ce jour étrange semble murmurer : *Julia n'existe pas*.

Pernilla ne souffre pas d'astigmatisme, mais elle en connaît bien les symptômes – on essaye de focaliser le regard sans jamais parvenir à une vision nette.

Elle comprend l'effet que ça doit faire.

39

La chambre est devenue son univers : les murs, le plafond, la fenêtre à travers laquelle elle ne voit que du vide. Elle a neuf ans et devrait être à l'école en train d'apprendre les lacs.

Dans sa tête, elle compose une liste de cinq points, pas du type qu'elle aurait fait à l'école, *Les sucreries que j'aime bien* ou *Mes chansons préférées*, mais *Ce qu'il y a de pire*. Chaque point est argumenté, elle les réordonne de temps en temps : tantôt une chose lui paraît pire qu'une autre, tantôt c'est l'inverse.

Cinquième point : que Georg prétende être mon vrai père et dise des mensonges sur ma mère.

Il veut qu'elle lui dise « Bonjour, papa » quand il entre dans la pièce, mais depuis qu'elle a compris son prénom, elle le gratifie d'un « Bonjour, Georg ». Ça l'énerve, elle devrait être moins idiote et ne pas jouer avec ses nerfs, mais cette salutation est le seul acte de résistance qu'elle soit en mesure d'accomplir. La veille au soir, après le départ du bonhomme dégoûtant, Georg est venu lui raconter que sa mère avait déménagé. Heureuse de s'être enfin débarrassée de sa pénible fille, elle s'était installée en Russie pour réaliser son rêve de devenir actrice. Qu'aurait-elle alors fait de ses frères et sœurs ? La fillette n'a pas posé de questions ni fait remarquer que sa mère déteste la Russie. Elle protège ses souvenirs, elle les garde au fond d'elle-même, Georg n'y aura pas accès. Pas folle, la guêpe.

Quatrième point : que je n'aie pas crié.

Pourquoi ne pas avoir crié ? Elle est complètement idiote. Sa maman apparaît souvent dans ses rêves et la serre tendrement contre elle. Parfois, cependant, elle ouvre sa poitrine à l'aide d'une fermeture Éclair. À l'intérieur, il fait tout noir, et sa bouche prononce alors la pire des paroles : « Je suis déçue. »

La fillette devrait être en train de préparer un contrôle de géographie sur les lacs, prévu un vendredi. Il est peut-être déjà passé. Laura et elle auraient révisé ensemble, Laura aurait caché le nom du lac Ràzna sur la carte et la fillette l'aurait trouvé. Elle en connaît beaucoup, elle attendait ce contrôle avec impatience. Maman, papa, Erki et elle allaient souvent à la pêche avant l'arrivée du bébé. Maintenant, c'est surtout Erki et papa. Elle se demande s'ils sont à la pêche. À cet instant précis. Il lui aurait suffi d'un rien pour les accompagner. D'ouvrir la bouche et de crier. Elle ferme très fort les yeux et feint de ne pas être là.

Troisième point : qu'un bonhomme m'ait fait des choses vraiment dégoûtantes.

Elle ferme très fort les yeux, elle en a presque mal, mais l'aveuglement ne suffit pas, car les mains de l'homme étaient sur sa peau, et la peau est comme un grand œil qui n'oublie rien. Sa langue dégoûtante, ses ongles immondes... Il souriait comme un bonhomme ordinaire, ce qui le rendait encore plus horrible. Mais tout cela n'est pas le pire.

Deuxième point : que Georg ait appelé ça ma « première fois ».

Le pire, c'est quand Georg est entré dans la chambre, après. Il lui a souri et lancé que pour une première fois, elle avait été très sage. Ça ne faisait donc que commencer. Le bonhomme avait dit à Georg que la prochaine fois, il aimerait bien qu'elle se montre un peu plus enthousiaste, mais qu'en gros c'était bien. Georg a ajouté que ça deviendrait plus facile avec le temps. L'important, c'est de rester gaie et souriante. Comme ça, les gens repartent contents. Pense à quelque chose d'agréable, lui a conseillé Georg. À des bonbons, par exemple.

Premier point : que je sois dans un pays inconnu sans que personne le sache.

Elle a l'impression qu'elle pourrait faire tout le trajet jusque chez elle en courant, que ses jambes supporteraient l'effort, mais elle suppose aussi que les impressions sont trompeuses et que cela a pris une éternité de venir en voiture. Elle était assise dans un espace sans vitres, mais elle sentait la différence entre les routes plus ou moins cahotantes et les bruits ambiants : tantôt le silence, tantôt le brouhaha. Là aussi, elle aurait pu crier.

Quand on se trouve dans un pays inconnu, on éprouve une solitude plus grande que la nuit noire. Laura, maman, papa, Erki et le bébé sont dans leur univers habituel et elle, dans un monde complètement étranger. Tout ce qui lui reste, ce sont ses bras et ses jambes. Elle les serre et les gratte, car le bonhomme les a infectés de son odeur. Au bout de ses pieds, son être s'arrête, et, au-delà, c'est l'étranger. Peut-être finira-t-elle par être avalée tout entière.

Elle a compris qu'elle était à l'étranger quand elle a regardé par la fenêtre, car dans sa langue à elle, l'endroit où on vend des tableaux ne s'appelle pas *Galerie*, mais *Galerija*. Les lettres ne sont pas tout à fait pareilles, il y a un *a* à la fin.

40

Janus fait des allers et retours entre le salon et l'entrée. Il bondit et lance des regards de plus en plus intransigeants et tourmentés à Pernilla, qui soupire.

— Il va bientôt faire pipi sur le tapis. Tu veux nous accompagner ? demande-t-elle à Kouplan.

Toute sortie inutile s'apparentant à de la folie, la promenade est une activité qui ne fait plus partie du système de représentations de Kouplan depuis deux ans et demi. Mais il a besoin d'air frais.

— Si je peux tenir la laisse.

Un individu tenant un chien en laisse est forcément un citoyen ordinaire.

Pernilla choisit le grand tour. Le froid de novembre commence à percer, leur écorche les joues et donne au jour des teintes réalistes. Le givre fait scintiller les arbres.

— Un pied devant l'autre, dit-elle.

— Inspire, expire, réplique Kouplan.

Janus s'est arrêté pour renifler une crotte et tire un peu sur sa laisse. Pernilla observe en biais le garçon qui parvient à la comprendre malgré ses propres problèmes.

— Tu aimes les chiens ?

Kouplan fait une mine qui ne signifie ni oui ni non.

— En ce moment, je les adore. Grâce à Janus, j'ai l'air au-dessus de tout soupçon.

De tous les gens qui habitent cette ville, c'est peut-être Pernilla qui cerne le mieux Kouplan. Décidément, ils vont bien ensemble, se dit-elle.

— Parfois, je laissais Julia à la maison pour que personne ne la voie.

— De plus en plus souvent, je sais. Tu soutenais qu'elle s'était lassée de Janus.

— C'était un peu les deux.

Janus trottine sur ses courtes pattes. Pernilla étudie son comportement avec plus de recul que lorsqu'elle tient elle-même la laisse. Il renifle une tache jaune dans le givre, flaire l'atmosphère, les entraîne vers un arbre intéressant.

— Tu savais que chez les chiens, un tiers du cerveau est directement relié au flair ? questionne-t-elle.

Janus pile, reste immobile, puis sort soudain de sa transe et se met à renifler une feuille morte. Pernilla sourit.

— Je l'adore, ce cabot.

Kouplan contemple la petite boule d'énergie qui tire sur sa laisse. Que représentait cette créature pour Pernilla quand Julia « existait » ? Remarquait-elle la différence de poids sur ses genoux entre l'organisme vivant et son enfant chimérique ? Tout est dans la tête :

278

la chaleur, le froid, la sensation de la peau d'autrui. De plus, notre cerveau, tel un vieil ordinateur surchargé, est accaparé par un tas de logiciels automatiques inconscients.

— Chez Patrik, il y a une statue dans l'entrée. Tu sais ce qu'elle représente ?

Pernilla fouille dans sa mémoire.

— Elle a deux visages, ajoute Kouplan.

Pernilla s'illumine.

— Oui ! Un dieu grec. Si c'est celle dont tu parles... Je l'avais oubliée.

— Dans la mythologie romaine, dit Kouplan en espérant qu'elle ne remarque pas le rectificatif, il représente le commencement et la fin.

— Je sais. Une face tournée vers l'avenir et l'autre vers le passé.

— Dans tes papiers, tu écris que Julia avait baptisé votre chien Janus parce que ce n'était pas un empereur.

— Et c'est vrai !

— Mais si elle n'a existé que dans ta tête...

Les yeux de Pernilla se plissent.

— Il s'appelait Janus, n'est-ce pas, ce dieu grec ?

Cette fois, Kouplan ne la corrige pas. Cela ne peut pas faire de mal au dieu Janus d'être grec un petit moment.

— Son nom a donné le mot « janvier », explique-t-il, le premier mois de l'année. C'est le dieu de... pour... les ponts, les portes et ce genre de choses. Les nouveaux départs, les transitions.

— Les transformations, ajoute Pernilla. – Elle s'arrête. – C'est délirant que Julia lui ait donné ce nom-là.

Inutile de lui répéter que les propos de Julia venaient en réalité de sa propre tête.

— Ou logique, dit Kouplan.

Si sa mère avait été là, Kouplan lui aurait demandé ce qu'elle pensait de sa théorie : le chien comme déclencheur de la guérison de Pernilla. En matière de psychose, il y a plusieurs écoles, et la mère de Kouplan appartenait à celle qui situe volontiers les causes dans le labyrinthe de la vie. Kouplan contemple le boudin qui se tortille et remue la queue au bout de sa laisse, se demande si un chien atténuerait son sentiment d'isolement.

— Tu es sûr d'être recherché ? l'interroge Pernilla.

— Qu'est-ce que tu veux dire ?

— Tu as constamment peur, je le vois bien, mais tu es sûr de ne pas te faire des idées ?

Kouplan n'a pas gardé son avis d'expulsion. Il l'a brûlé pour éviter que quelqu'un tombe dessus par hasard. Et bien sûr, il n'a pas accès à son dossier auprès de l'Agence de l'immigration. La question de Pernilla est donc, d'une certaine manière, pertinente : elle n'a pas pu démontrer l'existence de Julia, donc Julia n'existe pas ; Kouplan ne peut pas démontrer son interdiction de séjour sur le territoire...

— J'aimerais tellement que ce soit le cas, dit-il. Si un jour, en me réveillant, je découvrais que tout cela n'est que de la paranoïa...

Il essaie de se le représenter : un homme qui fuit constamment des policiers imaginaires et découvre un matin que tout n'était qu'une psychose. Son soulagement serait si grand qu'il ose à peine l'imaginer.

— J'en pleurerais.

Pernilla lui jette un regard sous cape. Ce serait une sacrée coïncidence si un cas psychiatrique comme elle avait engagé un autre cas psychiatrique pour retrouver une enfant imaginaire... Cela dit, les fous s'attirent mutuellement, elle est bien placée pour le savoir, et il valait mieux poser la question, même si elle connaît déjà la réponse. Car elle sent en Kouplan quelque chose qui lui fait défaut : l'équilibre.

— Excuse-moi de t'avoir obligé à courir à droite et à gauche, dit-elle. Tu peux à peine te permettre de sortir et, pour moi, tu as parcouru toute la banlieue de Stockholm...

— Et la Mariatorg. Ne t'excuse pas, j'ai accepté la mission et je l'assume. J'ai simplement été trop bête pour chercher au bon endroit.

— J'ai quand même des scrupules. J'aurais dû... Je crois que quelque part, je le savais. Tu te souviens quand je t'ai dit que Julia était morte ? Si j'avais suivi mon instinct...

Kouplan ne l'écoute plus, Pernilla le remarque et se tait. Il sort son téléphone portable de l'âge de pierre, fait apparaître l'image à l'écran et la lui montre à nouveau.

— Tu lui trouves l'air d'une victime d'enlèvement ?

Une fillette ordinaire, voilà ce qu'a pensé Pernilla la première fois qu'elle a vu le cliché. Comment voulait-il qu'elle sache si oui ou non c'était Julia alors que cette enfant avait l'air si normale ?

— Julia n'existe pas, tu me l'as démontré, réplique-t-elle. Personne ne l'a kidnappée. D'ailleurs, elle n'a rien d'extraordinaire, cette petite fille.

— Je n'en suis pas si sûr.

Kouplan doute. Julia n'existe peut-être pas, mais Rachid, oui. Les propriétaires de son appartement aussi, et leurs copains moyennement sympathiques qui connaissent un certain MB et qui ont entendu parler d'une fillette qu'il exploiterait. Chavez existe. En sortant de l'immeuble des Sohrabi, il a bien raconté à quelqu'un au téléphone qu'il venait de rendre visite au « boss ». Dans le même immeuble, selon la fille des Sohrabi qui, elle aussi, existe bel et bien, il y aurait du va-et-vient. Pour finir, le visage de la fillette que Kouplan a pris en photo est une trace tout à fait réelle, sans rapport avec le Globe ni aucun blouson corail.

— Je n'en suis pas si sûr, répète Kouplan.

Dans le monde, il y a deux extrêmes : celui des gens qui se jettent devant des voitures pour sauver des chatons ou donnent tout ce qu'ils possèdent pour nourrir des affamés, et celui des psychopathes qui tuent pour une paire de boucles d'oreilles ou qui vendent leur peuple en échange de pétrole. La plupart des gens vivent dans des situations intermédiaires, et Kouplan en fait partie. Il sait écouter, mais à part cela, il n'est pas meilleur que la moyenne. Il n'a pas l'intention de risquer sa vie en signalant à la police une enfant peut-être – mais seulement peut-être – en captivité dans un appartement proche de la Mariatorg. Et ce constat lui déplaît foncièrement. Il refoule donc le dilemme et pense à autre chose.

Après avoir reniflé une bonne centaine de feuilles mortes, de brindilles et autres déjections canines, Janus entre docilement dans l'ascenseur, précédant Pernilla et Kouplan.

— Il existe un moyen d'appeler anonymement la police, reprend Kouplan, du moins en théorie.

Malgré lui, l'image de la fillette le hante encore. Pernilla réfléchit. Le témoin lumineux passe du premier au deuxième étage.

— Quand j'appelle un client, c'est le numéro du standard de l'assistance téléphonique qui apparaît sur l'écran de mon interlocuteur, pas le mien, dit-elle. Mais la police a peut-être les moyens de remonter jusqu'à moi. Tu veux signaler quelque chose ?

— Non, rien, répond pensivement Kouplan.

« Juste une idée », songe-t-il.

41

Dans le monde, il y a deux extrêmes : d'un côté, ceux qu'on exploite, qu'on consomme et qu'on anéantit ; de l'autre, ceux qui raflent les meilleures places, les puissants. Georg se situe quelque part entre les deux, à peu près au milieu, pourtant il a un avantage : il ne se voile pas la face. Il identifie les perdants avant même qu'ils le fassent eux-mêmes. Il ne connaît peut-être pas tous les tenants et les aboutissants du réseau de MB, mais il a conscience de son ampleur et sait que lui-même ne possède rien de comparable. D'ailleurs, il ne fait pas semblant. C'est un mec réglo qui a pigé le monde.

Il n'aurait jamais, par exemple, rodé la petite lui-même. On lui a dit de le faire, mais le sexe, pour lui, ça se passe entre un homme et une femme. Qu'ensuite, il existe des pervers qui soient prêts à payer des sommes considérables pour ça, c'est leur affaire. Ensuite, les choses se jouent entre le sens de la morale et l'instinct de conservation. Soit on chasse, soit on est chassé – ce qui n'empêche pas de respecter certaines règles.

Ainsi il s'est abstenu de devenir le petit ami de la fillette. La méthode est, certes, éprouvée, MB a raison sur ce point. Katarzyna, par exemple, est en train de sombrer dans un abîme psychique entre haine et amour. De temps en temps, il lui lance un : « *How are you, baby ?* » auquel elle réagit chaque jour avec une confusion grandissante. Le psychisme féminin est fragile, sur ce plan-là. D'ailleurs, comme par hasard, on appelle ça le syndrome de Stockholm. « *Don't you love me ?* » lui demande-t-il, et, bien qu'il soit lui-même totalement dénué de fragilité psychique, les jours où elle lui répond non, ça le rend fou. Il met un point d'honneur à la baiser normalement quand elle dit oui et à la sodomiser quand elle dit non. C'est un truc psychologique, et ça marche.

Mais des enfants de sept ans sans poitrine… Sa limite, songe-t-il, c'est quinze ans. Quatorze dans certains cas. Treize pour une fille très développée physiquement, à la poitrine généreuse et au cul convivial qui ne demande que ça. Il sent son membre se raidir, mais c'est l'idée des seins qui l'inspire, pas celle d'une gamine de treize ans. Il va se faire un sandwich et, ensuite, aller demander à Katarzyna si elle l'aime. Ou rendre visite à Iwona, parce que, si on est porté sur les seins, les siens sont lourds et pulpeux. Même si c'est la « copine » de MB, elle bénéficie de certains avantages en nature, dont il fait partie. Mieux qu'un abonnement gratuit en salle de gym, se dit-il avec un sourire. Il croque dans son sandwich au jambon et continue à se faire des films sur les fesses de Katarzyna, d'Iwona et d'une gamine fictive de treize ans.

Tout ça pour dire que c'est un mec réglo. Quand on l'a chargé de trouver une enfant de moins de huit ans, il s'est fait passer pour son père et non pour son petit ami. Il ne comprend pas bien la stratégie que lui a suggérée MB, de toute façon, il a fini par adopter une autre technique d'approche, l'essentiel étant d'amadouer la gamine. La méthode du « vrai papa » finira par marcher, c'est attesté.

L'entrée en matière s'est révélée ridiculement facile, presque comme si le destin de la petite était tout tracé. D'ailleurs, il pense souvent : le marché s'adapte à la demande et le monde, à la volonté divine. Il n'est qu'un rouage qui fait correctement son boulot et évite de foutre la merde. À l'état de sperme, il faisait déjà le bon choix : le chromosome Y.

Son bas-ventre s'est un peu calmé. Il envisage de prendre un sandwich de plus avant d'aller voir Iwona. D'ailleurs, Katarzyna va bientôt recevoir un client et il devra jouer le portier. Jambon-fromage – un classique.

Le chromosome Y, se dit-il, amusé par son propre raisonnement, c'est le numéro gagnant. Car en ce bas monde, il y a deux camps. Soit on naît fille, et on appartient presque immanquablement au camp des consommés et des anéantis. D'ailleurs, elles doivent aimer ça, leur comportement tend à le démontrer. Enfin, il a quand même eu de la chance de naître mec. Il se demande si ce constat fait de lui un féministe.

Ils vont déménager. MB cherche un autre point de chute. Ils vont délocaliser l'activité dans une banlieue proche ou dans le quartier de City, plus près des bureaux et plus loin du commissariat. Il pourrait parler du déménagement à Katarzyna – une confidence qui les rapprocherait. Entre l'index et le pouce, il ramasse une miette de fromage tombée sur son menton. C'est alors que la porte explose dans un vacarme assourdissant.

Les hommes en noir approchent, Laima les suit des yeux. Ils sont sortis d'une voiture, garée au coin de la rue, aussi grosse que celle qui l'a amenée – on n'en voit que l'arrière. Ils dégringolent l'un après l'autre par la portière, recroquevillés comme des gorilles. Ils rasent le mur. Elle écrase le bout du nez contre la fenêtre pour les suivre des yeux. Ils en ont après elle, c'est certain, son cœur s'emballe comme une locomotive – si un seul bonhomme peut lui faire des choses atroces, de quoi ne seraient pas capables dix gorilles en noir ? Son regard parcourt la chambre à toute vitesse. Pas d'armoire. Tout juste une commode. Paniquée, elle ouvre un tiroir et le vide frénétiquement. Papiers et cartons volent et s'éparpillent. Elle ne réussit même pas à passer une jambe dans le tiroir vide. Par la fenêtre, elle ne voit plus aucun homme en noir. Elle prend alors une décision : « S'ils entrent, je saute. »

Ils se ruent à l'intérieur dans un bruit de tonnerre. Elle entend des hurlements, des dizaines de voix d'hommes dans le couloir. La porte verrouillée de sa chambre lui paraît aussi fine que du papier et elle sent le peu de courage qui lui restait l'abandonner. Elle ne peut pas sauter, elle en mourrait. Lorsque la porte s'ouvre, elle est donc collée contre le mur, sous le lit. Une paire de godillots traverse la pièce et s'arrête juste devant elle. Elle n'ose pas regarder, mais quand elle ferme les yeux, c'est encore pire, une centaine de bras noirs se tendent vers elle. Soudain, face à elle, un visage à l'envers, un sourire se dessine sur la bouche d'un bonhomme au regard enragé. Il crie à un autre en langue étrangère. Dans la poitrine de la fillette, son cœur bat à tout rompre.

Mais nuls bras noirs ne se tendent vers elle. Le visage disparaît. Maintenant, quelqu'un est assis à l'autre bout de la pièce et lui parle en langue étrangère d'une voix douce – mais Georg aussi sait parler gentiment. Elle ne répond pas. Après un moment, l'inconnu ressort. Laima se met à l'aise, prévoyant de rester sous le lit jusqu'à la fin des temps. Le long du mur s'accumulent des petits tas de poussière et de crasse marron-gris.

Une femme entre, ôte son blouson, s'allonge par terre contre le mur d'en face et lui fait signe.

— *Rousski ?* demande-t-elle en souriant.

Laima ne répond pas.

— *Polski ?*

Laima serre les lèvres.

On ne peut pas faire confiance aux femmes non plus. Dans le premier appartement, il y en avait une qui s'appelait Jessica. Elle avait l'air gentille mais, tout à coup, elle devenait complètement folle et menaçait les gens d'une paire de ciseaux. N'importe qui peut parler gentiment et se transformer en monstre, hommes et femmes confondus. Les adultes sont ainsi constitués, Laima a eu tout le loisir de l'observer.

La dernière à entrer dans la chambre est Iwona. Elle s'assoit par terre à côté de l'inconnue et se penche sur le côté, cherchant le regard de Laima. Puis, comme la nuit, elle frappe trois coups sur le mur.

Laima doit prendre une décision : se fier ou ne pas se fier à un adulte. Si elle ne le fait pas, elle se retrouvera entièrement seule, sans le moindre recours dans un pays inconnu, une fillette de neuf ans sous un lit, sans argent, sans nourriture et sans parents.

— *Latvia*, dit Iwona à la femme.

La voix d'Iwona est celle de quelqu'un qui a reçu des visites le jour et qu'on a enfermé dans une chambre la nuit.

Laima reprend son souffle, respire de la poussière et manque d'éternuer. Au-dessus d'elle, il y a un sommier en lattes de bois brut pleines d'échardes. Elle tape trois petits coups dessus.

42

Kouplan n'est plus là. Il y a deux jours qu'il est parti. L'aurait-elle imaginé de toutes pièces, lui aussi ? Elle ne l'a appelé qu'une seule fois pour le lui demander, et il lui a assuré qu'il était réel. Cela dit, une hallucination peut se révéler très convaincante.

Quel que soit son degré de folie, elle a décidé que Julia avait existé.

— Merci, ma chérie, énonce-t-elle dans le vide.

Le truc, c'est qu'elle aurait dû mourir six ans auparavant. Elle avait prévu de se supprimer à l'aide de cachets, et d'avertir la personne qui l'aurait découverte – inutile que son cadavre traumatise quelqu'un.

Après la mort de Jörgen, la solitude lui avait empoigné les entrailles et l'avait tordue de l'intérieur. Cela aurait dû s'apaiser avec le temps, mais la seule chose qui avait faibli, c'était la compassion de son entourage. Selon la coutume, le deuil ne dure qu'un an.

Elle avait vu en Patrik une sorte d'empreinte de Jörgen. Ses traits, ses postures... Comme une copie en noir et blanc. Face à la passion et aux angoisses récemment libérées de Pernilla, il se montrait plein d'attention, de bienveillance et de phrases encourageantes. Jörgen l'aurait mise au défi dans un éclat de rire et lui aurait fait l'amour avec une évidence brutale, en posant ses mains tatouées sur ses seins nus et son cœur battant.

Le sentiment avait refait surface après huit mois de relation avec Patrik. Ils venaient de vider leurs derniers cartons de déménagement. Leur foyer était une véritable débauche de bon goût, un rêve de classe moyenne devenu réalité. Pas une tache, pas un livre mal placé, pas une facture impayée pour occuper les pensées de Pernilla. En fait, la solitude ne l'avait jamais quittée. Elle l'étreignait toujours, serrant de plus en plus fort ses tripes, rongeant sa moelle épinière. Patrik, lui trouvant l'air blafard, lui conseilla de se trouver un passe-temps.

Au début, la sensation apparaissait de-ci, de-là, mais n'avait pas tardé pas à prendre possession d'elle et devenir un état constant. Pernilla était entièrement sous l'emprise du vide qui la vrillait de l'intérieur. Voilà pourquoi « comportement autodestructeur » n'était pas le terme adéquat. Les lames de rasoir desserraient les griffes de la solitude, laissant circuler un peu de chaleur dans ses veines. D'ailleurs, les bras qu'elles entaillaient faisaient à peine partie de son corps.

Elle en était venue à de telles extrémités pour apaiser ses angoisses que rien de ce qu'elle faisait à l'époque n'avait imprimé de souvenir clair dans sa mémoire. Elle avait affirmé à Kouplan que Patrik était le père du bébé, mais comment en être absolument sûre ? C'était en tout cas Patrik qui avait appelé ses parents et l'avait fait interner à l'hôpital psychiatrique. Ses putains de parents...

— Alors là, merci beaucoup ! avait-elle crié.

— Pas la peine de hurler, avait-il rétorqué.

Il n'avait pas compris la portée de son geste. Ainsi, l'insupportable nausée que lui inspirait la présence de ses parents s'était ajoutée à la solitude glaçante qui l'habitait déjà. Lorsqu'une barre témoin avait indiqué la grossesse, Patrik avait cru comprendre ses vomissements, mais Pernilla savait pertinemment que Julia n'en était pas la cause.

Un jour, le sang s'était mis à couler. Elle avait déjà planifié sa propre mort. Enfin, elle avait réfléchi à la méthode la plus clémente pour son entourage. Mais pas question de passer à l'acte, alors qu'elle portait une vie. L'idée l'apaisait tout de même. Aussitôt que les services sociaux auraient pris son bébé, elle mettrait son projet à exécution. Elle avait la quantité nécessaire de cachets, elle savait quoi écrire dans sa lettre. Quand les saignements avaient commencé, elle avait su que le moment était venu.

Seulement voilà, dans son ventre, il restait une bribe de vie. De plus, les services sociaux n'en savaient rien, ce qui lui procurait un immense soulagement, comme lorsque des nuages s'écartent doucement dans un ciel d'azur.

— Merci de m'avoir sauvée, dit-elle à la place vide à côté d'elle, sur le canapé.

Elle ferme les yeux et imagine Julia.

— J'ai plusieurs théories. La première, c'est que tu es un ange.

Il existe des anges dans presque toutes les religions. Cela doit signifier que des gens en ont vu, n'est-ce pas ? Pourquoi le sien ne chausserait-il pas du 25 ? Pourquoi n'aurait-il pas les cheveux blonds et une bouche fine ? Cela dit, pourquoi un ange lui aurait-il fait confectionner, en toute inconscience, des tableaux de perles ? Et surtout, si Julia était un ange, qu'en était-il des voix délirantes de son adolescence ?

— La deuxième théorie, c'est que tu n'existes que dans mon esprit. Que tu as existé parce que j'avais besoin de toi. Que tu n'es réelle pour personne d'autre, mais comme le dit Tor... – Elle se tait et pense à la main rugueuse de Tor sur la joue de Julia. Il a caressé quelque chose qu'il devait considérer comme du vent. Pourquoi ? – Comme le dit Tor, tu existais dans mon cœur et dans mon âme. Vraiment. Tu y étais aussi réelle que les enfants des autres. – Un corps tiède se frotte contre sa jambe. Elle ouvre les yeux et prend Janus sur ses genoux. – Tu as existé jusqu'à ce que je guérisse, reprend-elle en passant la main sur le dos du chien. Et maintenant, je ne veux plus mourir, alors...

Elle s'interrompt. Elle parle à un mur, à un accoudoir, et éventuellement à un chien, et cela lui paraît soudain ridicule.

Elle a pris une décision qu'auparavant elle aurait radicalement désapprouvée.

C'est qu'à l'époque des voix, on l'a déchirée, tiraillée sans jamais l'écouter. En réaction, son refus intérieur n'a cessé de grandir, au point de l'envahir complètement. « Regardez-moi, maintenant ! réplique-t-elle dans son for intérieur. J'ai un chien et un bel appartement. J'ai trouvé un travail par mes propres

294

moyens. J'ai tout surmonté. Vous ne savez rien de moi. »

Pour elle, c'est une décision inédite, car on ne lui a jamais laissé le loisir de la prendre. Lorsqu'elle décroche son téléphone, elle s'attend à éprouver une certaine réticence, mais n'éprouve même pas l'envie de raccrocher.

— J'aurais besoin de voir un psychologue, dit-elle fermement. Un spécialiste en hallucinations et ce genre de choses. Je pourrais avoir un rendez-vous ?

La secrétaire lui demande si cela peut attendre quelques semaines ou si c'est urgent. Pernilla gratte le ventre de Janus, le petit chien au grand nom.

— Non, non, ça peut attendre, répond-elle.

Il n'y a pas d'urgence.

Elle ne veut plus mourir.

43

Depuis le jour où Pernilla lui a offert un sandwich à la dinde, Kouplan a légèrement grandi. Du moins en a-t-il l'impression devant le minuscule miroir de la salle de bains. Il tend ses muscles brachiaux. Ses épaules lui semblent plus volumineuses. Un apport protéinique constant sous forme de poisson pané peut avoir contribué à cette croissance.

Il lui reste neuf mille couronnes en liquide. N'ayant retrouvé aucun enfant, il a eu du mal à les accepter, mais Pernilla lui a dit de ne pas faire l'idiot. Neuf mille couronnes, cela couvre le loyer, une carte de transport et des produits de première nécessité chez Lidl pour au moins deux mois. D'ailleurs, c'est exactement ce à quoi il va les dépenser, décide-t-il, puis le souvenir de sa dette resurgit dans son esprit. Refouler. Ne pas y penser. Pas tant qu'il vivotera.

— Ce n'est pas raisonnable qu'un individu qui terrorise son ex-compagnon ou son ex-compagne pendant plusieurs années s'en tire avec une peine plus légère que quelqu'un qui diffuse de la musique sur Internet, énonce une voix à la radio.

Dans le passé, Kouplan avait enrichi son vocabulaire grâce à la radio et aux livres d'Astrid Lindgren. Il est temps de s'y remettre. Pour continuer à exercer le métier de détective, il doit posséder une terminologie beaucoup plus complète dans le domaine de la criminalité. Par chance, la radio nationale suédoise produit une émission intitulée *Crime et Châtiment*.

— Malheureusement, nous devons interrompre ce débat, répète le présentateur. Nous passons à l'avis de recherche de la semaine.

Quelle vanité ! Seul, en cavale, il trouve le temps d'admirer ses muscles, se dit-il. Soudain, il tend l'oreille. Il a raté le début de l'intervention du présentateur.

— La fillette et les deux femmes auraient été victimes d'un réseau international de trafic d'êtres humains. La police souhaite entrer en contact avec l'informateur anonyme qui a permis de les localiser. Circonstance extraordinaire, son message a été transmis par un pasteur, poursuit le présentateur, interrompu par le coprésentateur.

— Un pasteur qui dénonce un trafic de femmes ! Je me suis toujours demandé ce qu'ils fabriquaient, à l'église.

— Enfin, ce n'est pas le pasteur qui… Un informateur anonyme a demandé au pasteur de transmettre ces renseignements à la police pour bénéficier du secret confessionnel et s'assurer la protection de son identité.

— Pas bête !

Le présentateur n'a pas tort, c'était assez futé. Cela faisait un moment que Kouplan méditait sur cette histoire de secret confessionnel. Que Tor refuse de raconter au détective engagé par Pernilla elle-même la vérité sur Julia, cela impliquait que le secret occupe une place réellement privilégiée dans son éthique professionnelle. Il avait ensuite suffi à Kouplan de convaincre le pasteur qu'il n'hallucinait pas lui aussi.

— Du côté de la police, on tient à préciser que l'informateur n'est en aucun cas soupçonné de complicité, poursuit le présentateur, immédiatement approuvé par son confrère.

— Cette personne a fait preuve de citoyenneté en décidant d'intervenir.

— Exactement. Alors, si elle nous écoute, nous l'invitons à appeler notre permanence téléphonique. On ne lui demandera pas son nom. La police veut lui parler, c'est important.

Face à cette vérité accommodée, Kouplan sourit. « Citoyenneté ». Il n'appellera pas, bien sûr, mais il est content d'avoir vu juste au sujet de la fillette.

Un seul détail perturbe l'image de ce Kouplan un peu plus costaud : le bandeau. Avant de l'ôter, il vérifie que le store est bien baissé, puis il défait les petites agrafes, libère sa poitrine et contracte ses pectoraux en essayant d'ignorer les poches de graisse que d'autres désignent sous le nom de « seins ». Tout de même, constate-t-il avec satisfaction, les excroissances sont partiellement absorbées. Enfin, difficile d'avoir le recul nécessaire quand on est en pleine transformation. Certains soirs, il a l'impression que rien ne change, d'autres, que les modifications sont visibles. Quoi qu'il en soit, les hormones en valent la peine. Surtout, ne pas penser à la dette.

Il enfile un T-shirt – il ne dort plus jamais torse nu depuis que Liam est entré dans sa chambre à l'improviste – et éteint sa lampe de chevet, mais ne s'endort pas. Il fixe un carré de lumière au plafond pour calmer ses pensées.

Pernilla – « le cas psychiatrique », comme elle se surnomme elle-même – lui manque. En poussant l'analyse un peu plus loin, ce qui lui manque, c'est sans doute aussi de se sentir utile, apprécié, à une distance humaine de quelqu'un. Enfin, il a un lit où dormir, c'est déjà ça. Voilà ce qu'il se répète quand ses émotions s'embrouillent. Et neuf mille couronnes.

De plus, il est aimé, non pas à distance humaine, mais à distance tout court. Cela devrait l'apaiser au lieu de le tourmenter. « Je penserai à toi tous les soirs, lui a dit sa mère avant son départ. Et toi aussi, tu penseras à moi tous les soirs. »

— Je pense à toi, maman, marmonne-t-il à la tache de lumière sur le plafond.

Il sait qu'elle prie pour son frère Nima, et lui, il récite intérieurement ses paroles. Grâce à elles, il lui arrive de s'endormir comme un enfant. Serein. Heureux. Au creux d'une grande main bienveillante.

Allah, aie pitié de mes enfants.
Sois clément envers eux, laisse-les vivre.
Laisse-les trouver leur voie.
Laisse-les connaître le bonheur.
Mon courageux fils Nima.
Ma clairvoyante fille Nesrine.

Note de l'auteur à l'attention du lecteur

Le présent roman est né d'une idée que je ne vous expliquerai pas ici, au cas où quelqu'un aurait, par curiosité, ouvert les dernières pages avant de commencer la lecture. Il était question de ce qui pouvait arriver de pire à un parent. Je voulais décrire la poursuite d'un ravisseur par un personnage qui ne comprendrait qu'à la toute fin du récit que l'intrigue n'était pas ce qu'il croyait. J'avais besoin d'un détective. Celui qui m'est apparu n'avait pas grand-chose du policier habituel, puisqu'il s'agissait d'un universitaire timoré, victime de mille circonstances aggravantes : Kouplan. D'ailleurs, je n'ai pas tardé à comprendre qu'un livre ne suffirait pas à raconter son histoire.

D'où m'est-il venu ? De ma vie, sans doute. De situations dans lesquelles je me suis trouvée, de destins qui m'ont été racontés, d'élèves avec lesquels j'ai fait connaissance lorsque j'enseignais le suédois à des immigrés. Un souci arrive rarement seul, ils ont tendance à s'agglomérer. Et quoi qu'il en soit, la réalité dépasse toujours la fiction.

J'aurais eu beaucoup de mal à écrire ce roman sans l'aide de mes amis, des amis de mes amis et d'anciens élèves qui ont partagé avec moi leurs expériences de crises psychotiques, de la vie en Iran, de celle d'un immigré clandestin, leurs connaissances sur les effets de la testostérone ou encore la consistance d'un cordon ombilical.

Je remercie tout particulièrement Farzaneh Sohrabi, Shaghayegh Paksima, Shadé Jalali, Zinat Pirzadeh, Nalle Högberg, Linda Carlsson, Valfrid Arvidsson, Oscar Schröder, Mio Olsson, Pouriya, Masoud et Mehdi, ainsi que les associations IMÄI (*Ingen människa är illegal*, « Un être humain n'est jamais illégal ») et Stockholm Newcomers.

Sara Lövestam

Cet ouvrage a été composé et mis en page
par Étianne Composition à Montrouge

Imprimé en France par CPI
en avril 2018
N° d'impression : 2035900

POCKET – 12, avenue d'Italie – 75627 Paris Cedex 13

Dépôt légal : janvier 2018
Suite du premier tirage : avril 2018
S27823/05